KB260121

미친놈과 떠돌이

미친놈과 떠돌이

초판 제1쇄 인쇄 2013. 6. 25.
초판 제1쇄 발행 2013. 7. 1.

지은이   칼 릴 지 브 란
옮긴이   김 문 환
펴낸이   김 경 희
편 집   김 자 경
펴낸곳   (주)지식산업사
         본사 ● 413-832, 경기도 파주시 교하읍 문발리 520-12
             전화 (031) 955-4226~7 팩스 (031)955-4228
         서울사무소 ● 110-040, 서울시 종로구 통의동 35-18
             전화 (02)734-1978 팩스 (02)720-7200
         한글문패   지식산업사
         영문문패   www.jisik.co.kr
         전자우편   jsp@jisik.co.kr
         등록번호   1-363
         등록날짜   1969. 5. 8

책값은 뒤표지에 있습니다.

이 책을 읽고 저자에게 문의하고자 하는 이는
지식산업사 전자우편으로 연락바랍니다.

미친놈과 떠돌이

칼릴 지브란 지음

김문환 옮기고 엮음·댓글

지식산업사

역편자 서문

이 책은 레바논 태생의 미국 시인 지브란(Kahlil Gibran; 1883~1931)의 첫 번째 영어시집 《미친놈》*The Madman: His Parables and Poems*과 영어 유고시집 《떠돌이》*The Wanderer: His Parables and His Sayings*를 우리말로 완역하면서, 두 책을 마치 하나의 책처럼 편집하고 내 나름대로의 생각을 덧붙여 본 것이다. 어느 누기 왜 그래야 했느냐고 묻는다면, 1960년에 함석헌 선생이 같은 저자의 《예언자》를 옮기면서 남긴 말을 나 역시 따라 할 수밖에 없다.

"나 아니라도 다른 사람이 할 수 있고, 또 이미 먼저 번역한 이가 있다는 것을 알았다, 그런데도 내가 하는 것은, 그들에게는 그만두고 나 자신에 대한 잘못일 수밖에 없다. 그것을 잘 알면서도 내가 꼭 한번

내 말로 번역해보고 싶었다 …… 말하자면 꼭 들을 귀가 있을 것 같고, 들으면 틀림없이 혼의 피어남이 있을 것만 같았다."

이것으로 부족해 굳이 그 이유를 더 자세히 대라면, 지브란에게서 인문주의의 정수를 찾을 수 있기 때문이다.

"인문주의는 제국주의처럼 의도된 것이 아니다. 인문주의는 적이란 것을 알지 못하며, 하인을 원하지 않는다. 이 정선精選된 영역領域에 속하고 싶지 않은 자는 그냥 밖에 있어도 좋다. 아무도 그를 강요하지 않는다. 이 새로운 이상에 그를 억지로 밀어 넣는 자는 아무도 없다. 내면으로 이해하지 못하는 데서 파생돼 나오는 모든 편협성은, 세계화합이라는 교훈으로 볼 때, 낯선 것이다. 그러나 다른 한편으로, 이 새로운 정신의 조합에 가입하려는 사람은 누구도 거부당하지 않는다. 교육과 문화에 대한 욕구를 가지고 있는 사람이면 누구나 인문주의자가 될 수 있다. 모든 직위의 사람들, 남자든 여자든, 기사든 신부든, 왕이든 상인이든, 세속인이든 수도사든 누구나 이 자유로운 공동체에 들어올 수 있다. 이는 누구에게도 어

떤 인종인지, 어떤 계급인지, 어떤 언어를 사용하는
지, 국적이 어딘지 묻지 않는다. …… 지금까지 도저히
뚫고 들어갈 수 없는 인간들 사이의 차단벽이었던 언
어는 더 이상 민족들을 분리시키지 못 한다."

위 글은 제3제국을 표방한 독일의 아돌프 히
틀러가 선거에 의해 수상의 자리에 오른 뒤 1년
이 지나 간행된 《에라스무스의 승리와 비극》(한
국 번역본 제목 《에라스무스 평전》)을 쓴 스테판
츠바이크(정민영 역)의 한 구절이다. 이 평전은
그가 독일에서 쓴 마지막 작품이 되었는데, 망명
직전 에라스무스의 모습을 빌려 자신의 내면적
자화상과 이상을 그려냈던 것이다. 선거철을 보
내면서 더욱이 혼미해진 한국사회에 더욱 유효
해진 인문정신을 나는 지브란에게서 찾고, "그
것이 나만 같이 생각되었다."는 함선생의 의향
에서 한 걸음 더 내딛어 아예 되지도 않는 댓글
마저 달게 되었다. 당시 함선생은 육순이었는데,
칠순을 맞은 내 나이에도 그야말로 발 벗고 따
라가도 못 미치는 것이 민망할 따름이다.

1918년에 초간된 《미친놈》을 내가 처음 접한

것은 그것이 발간된 지 60년이 가까이 지난 어느 날, 독일어 역본을 통해서였다. '우화 속의 생활지혜'*Lebensweisheit in Parabeln*라는 부제가 붙은 이 독일어 번역본(Florian Langegger 역, Walter Verlag AG, Olten, 1975.)은 글자 그대로 하면 '광대'라고 번역하거나 '바보'라고 번역될 수 있는 《Der Narr》를 제목으로 달고 있다. 일종의 의역인 셈인데, 우리말 제목으로는 영어본이 'Madman'으로 분철하지 않는 것에 따라, 《미친놈》이라고 붙여 썼다. 다만 본문 가운데는 어감에 따라 광인, 또는 미치광이라고도 했다. 독일어 번역본의 표지 그림이 암시하는 대로 이 《미친놈》은 예수 그리스도를 빗댄 것도 같으나, 그것은 읽는 사람의 재량에 따를 뿐이다.

그런가 하면 지브란이 세상을 떠나기 전 마지막 3주 내내 마무리 작업에 매달린 것이 바로 유고시집 《떠돌이》이다. 이 책은 그가 세상을 떠난 다음해 그의 후원자이자 어떤 의미에서는 그와 플라토닉 러브를 나눈 메리 해스켈의 편집으로 출판되었다. 지브란의 유고시집은 많은 점에서 초간시집과 상통한다. 다시 말해, 《떠돌이》에서 《미친놈》의 모습이 겹쳐 보인다. 둘을 한 데 묶어볼 생각을 한 것도 바로 그런 이유에서였다. 《레바논에서 온 이 사람: 칼릴 지브란에 대한 한 연구》를 쓴 바바라 영은 《떠돌이》의 50여 편의 이야기들 가운데 서양 것은 하나도 없고 모두가 동양 사상과 문체로만 짜였다고 단정했는데, 이는 어느 정도 다른 저술들에도 해당되지 않을까? 그의 시들에 접하면서 타고르와 니체를 떠올리는 사람들이 없지 않을 것인데, 니체의 《차라투스트라》는 지브란의 예언자 알무스타파에게 짙은 그림자를 드리운다. 그리고 그 자신이 그려 넣은 삽화들은 로댕과 블레이크를 연상시킨다.

1883년에 나서 1931년에 생을 마친 저자에 대한 소개는, 20세기에 성경을 빼놓고는 가장 많이 팔렸다고 할 정도인 산문시집 《예언자》의 저자라는 것으로 충분할지도 모른다. 그러나 초간시집과 유고시집의 연관성을 비롯하여 그의 생애를 궁금히 여길 독자들은 본문 안 댓글들에 적혀있는 그의 생애 에피소드들을 참조하기 바란다. 여기에서는 다만 그의 죽음에 대해서만 약

술한다.

 지브란은 1931년 4월 10일, 부활절 후 첫 금요일 밤 10시 50분, 48세의 나이로 세상을 떠났다. 부검 결과, 사인은 간경화와 한쪽 폐의 결핵 초기 증세였다. 그의 시신은 자신의 거처였던 뉴욕에서 가난한 소년시절을 보낸 보스턴을 거쳐 '섭리의 땅' 고국 레바논으로 옮겨졌다. 그의 고향은 구약에도 여러 번 나오고 레바논 국기에도 그려져 있는 백향목이 늘어서 있는 브샤리마을이다. 그는 마침내 그의 생가와 멀지 않은 작은 수도원의 동굴에 안치되었다.

 그의 우화들과 시들은 사람들의 생각을 촉발해 주면서 믿음, 열망, 그리고 무상無常을 풍자적으로 조명한다. 두 시집의 부제에는 모두 우화라는 단어가 들어 있다. 사전적으로 풀어, 우화는 동물이나 무생물의 의인화를 통해 현실에서는 일어나기 힘든 신비로운 사실을 설정하여 사회 풍자나 도덕적 교훈을 시도하는 짧은 이야기를 말한다. 서양에서는 이솝이나 장 드 라퐁텐의 우화가 유명하고, 한자문화권에서도 가전체

假傳體 소설 또는 의인전기체擬人傳記體라고 분류되는 이야기들이 무수하다. 예수 자신도 하늘나라를 비유로써 가르친 경우가 많은데, 그것이 오히려 많은 사람들에게 하늘나라의 진실을 쉽게 깨우칠 수 있게 한다는 생각에서 였을 것이다. 그러면서 예수는 거의 예외 없이 "들을 귀 있는 자여, 들으라!"고 덧붙인다. 다른 사람들은 잘 깨닫는데, 오히려 제자들은 무슨 소린지 감을 잡지 못해 하는 장면이 연출되기도 한다.

독일 유학 시절에 《미친놈》을 처음 접했을 때 곧바로 우리말로 옮기고 싶은 충동이 일었으나, 어찌어찌 미루다가 2005년에 영어 원본을 구해 사흘 만에 초역을 마쳤다. 나 스스로 그동안 시문을 희롱해 보다가 잠언箴言 같은 글을 쓰고 싶다는 생각에 이르게 되었는데, 이 책은 그 잠언집을 위한 일종의 예비 작업일 수도 있다. 독일 유학 한 해 전, 그러니까 1975년에 니코스 카잔차키스의 《영혼의 수련》(현대사상사)을 우리말로 옮겨 본 지 30년 만의 일이다. 이와 같은 작업이 계속될 수 있다면, 행운으로 여기겠다. 최근 묵혔던 원고를 다시 꺼내면서 국내에 나와 있는

지브란 역서들과 그에 관한 책들을 참조하는 한
편, 원문과 대조하여 퇴고推敲를 거듭했다.

미학이 무엇이냐는 현문賢問에, 나는 서로 연
결되는 인간의 최고 가치인 진, 선, 미 가운데서
미를 중심으로 인간을 탐구하는 학문이라고 우
답愚答하면서, 미학이 성聖의 영역과도 연결된
다고 생각하여 신학에도 관심을 갖게 되었다고
말한 적이 있다. 그와 같은 경지는 오히려 이와
같이 단순한 잠언 속에서 더욱 잘 드러날 수도
있다.

책이 세상에 나온 순서대로 이 책 제목과 각
장에서 초간시집 《미친놈》을 유고시집 《떠돌이》
앞에 놓았다. 《떠돌이》에 나오는 마지막 증인
〈또 하나의 떠돌이〉 역시 좀 돌았다고 되어 있
으니, 순서를 뒤바꾸어도 나쁘지 않을 것 같고,
그것이 우리말 어감상으로도 나을 것 같았으나,
하나는 초간시집이고 다른 하나는 유고시집인
만큼 나름대로 세월에 따른 변화를 느껴보고
싶어 현재대로 둔다. 둘을 한권으로 묶으면서 초
간시집의 순서를 최대한 살리면서도 유고시집의

비슷한 시행詩行들은 한 데 엮었다. 시인 지브란에 조예가 깊은 수헤일 부쉬루이도 "《떠돌이》는 《미친놈》의 냉소적 메시지를 더욱 발전시켰다."고 본 바 있다. 이는 《떠돌이》에서 지브란이 그의 첫 영어 출판의 주제 〈미친놈〉을 다시 도입했다는 뜻이다.

"《떠돌이》에서 지브란은 그가 앞선 저작들에서 천착한 주제들을 발전시킨다. 여기에서 그는 자신이 즐겨하는 평화와 통일의 토픽들을 여러 번 손질하는 한편, 자기 생애에서 특별하게 중요한 주제들을 맴도는 세 가지 우화를 포함시킨다. 지브란은 〈강〉에서 자신이 태어난 고향을 그리워하는 향수병을 앓으면서 레바논을 향한 사랑을 표현하는 동시에 강을 인간 존재의 전형으로 제시한다. 그는 단순한 연애시의 형식을 택한 〈사랑노래〉에서 낭만적 감정들을 표현하는데, (비록 그가 그러한 감상들로부터 면역이 된 것은 아니라 할지라도) 이는 보편적인 사랑을 찾는 울부짖음으로 해석될 수 있다. 그리고 그는 〈은둔자와 야수들〉에서 -그의 삶이 종말에 이를 즈음에- 의심할 바 없이 자신이 경험한 고독을 묘사한다. 그러한 보편적 사랑을 찾는 그의 울부짖음은 더욱 집요해진다."

Suheil Bushrui and Tansa June Sammons, *The Art of Kahlil Gibran*, Telfair Museums, 2010.

　　감동적인 글일수록 즉각적이다. 따로 군말이 필요 없다. 그러면서도 많은 생각들을 떠오르게 한다. 될수록 나 자신의 댓글은 가능한대로 간결하게 덧붙이려 했으나, 경우에 따라서는 길어진 부분도 없지 않다. 독서에 오히려 장애가 되지 않았을까 저어된다. 댓글을 〈연여然如생각〉이라고 한 것은 순전히 《광수생각》이라는 만화책 제목 덕분이다.

　　맨 뒤에 두 권의 차례를 실어놓은 대로 초간시집에는 35편이, 유고시집에는 52편이 수록되어 있다(본문 가운데 표시된 초1은 초간시집 1번을, 유1은 유고시집 1번이다). 초간시집과 유고시집, 때로는 초간시집 안에서 서로 연관된다고 느껴져 한데 묶어보니 모두 29개의 항목이 되는데, 이를 1부로 삼고, 유고시집의 나머지 시들을 같은 방식으로 묶어 2부로 삼았다. 그렇게 해놓고 보니 2부는 마치 에필로그처럼 되어 댓글도 될수록 짧게 달려고 노력했다.

　　또한 "내면의 투사를 가끔 감춰주는 부드

러움도 그의 특징 중 하나였다.”는 이해(*Kahllil Gibran: Man & Poet*)에 공감하여 전체를 경어체로 옮기었다.

　일탈, 변태, 혹은 광기란 흔히 우리가 믿고 있는 인간 본질에서 벗어난 행위들을 일컫는다. 그러나 20세기 프랑스 철학자 미셸 푸코는 그의 첫째 주저主著《광기의 역사》에서 사람들이 17~18세기부터에야 정신병자를 감금하기 시작했다고 증언한다. 그 이전에는 광인은 설명할 수 없는 초자연적인 힘에 따라 달리보일 뿐, 격리 대상은 아니었다는 것이다. 그러다 돈키호테 이후 “반세기도 안 되어 (고전주의 탄생과 함께, 합리주의의 탄생과 함께) 광기는 갇히고 고립되었으며, 수용소에, 이성에, 도덕 규범에, 그리고 도덕 규범의 획일적 어둠에 묻혀버리게 된다.” 이성의 무대였던 17세기 유럽에서는 ‘표준’ 인간에 어울리지 않은 모든 이들이, 누군지 모르기 때문이 아니라 바로 누군지 알게 됐기 때문에, 예외 없이 격리된다. 이처럼 푸코는 그의 저작과 강의, 그리고 사회참여를 통해 지식권력들이 사회적 소수자들에게 가하는 폭력과 격리가 암암리에 사회

속에 깊이 침투해 있다는 것을 보여주려고 했다. 그런가 하면, 같은 20세기 프랑스 철학자 질 들뢰즈는 욕망의 흐름을 가속화시켜 주어진 경로를 넘어 범람하게 만들거나 혁명에 이르려면, 노마드nomad가 되라고 권유한다. '유목민'을 뜻하는 이 단어를 '미치지 않은'no-mad 사람을 뜻한다고 푼 흥미로운 해석도 있다. 이 책 식으로 말한다면, '미친놈'이나 '떠돌이'가 되는 것을 무서워 말라는 것이다. 1970년대 청계천 철거 소동이 일었을 때, 시카고의 사회운동가 솔 D. 앨린스키가 한국에 초청된 적이 있다. 그는 오바마 미국 대통령의 청년시절 활동과도 맥이 닿는데, 그가 자신의 저서 《근본개혁자들을 위한 규칙》*Rule for Radicals*에서 조직운동가들에게 정치적인 정신분열증을 두려워하지 말라고 권한 것도 비슷한 맥락이다. '엉덩이에 불을 지르려면' 아방我方은 100퍼센트 옳고 타방他方은 100퍼센트 그르다고 믿는 동시에, 문제를 해결하는 타협 단계에 이르면 그 차이가 5퍼센트도 되지 않는다는 의식을 처음부터 가지라는 것이다. 그리고 유머를 잃지 말라고도 했다.

아무쪼록 이 글을 읽는 이들이 이 글의 주인

공처럼 맑게 미쳐 '흐려진 세상'을 밝게 만드는
일에 더욱 관심을 가지게 된다면, 이를 보람으로
삼고자 한다. 강화도의 풍광 덕분에 이 작업을
비교적 빠른 시일 안에 마칠 수 있었던 것이 아
닐까 감사한 생각도 있다.

2013년 꽃이 마구 피는 새봄에
강화 然如齊에서

김문환

차례

제1부

1

미친놈

당신은 내가 어떻게 해서 미친놈이 되었느냐고 묻습니다. 그 일은 이렇게 벌어졌습니다. 아직 신들도 태어나기 훨씬 전 어느 날, 깊은 잠에서 깨어난 나는 내 가면들이 모두 도둑맞은 것을 알았습니다. 내가 직접 만들어 일곱 평생 동안 써온 일곱 가면들.

나는 사람들이 들끓는 거리들을 맨 얼굴로 뛰어다니면서 소리쳤습니다.

"도둑이야, 도둑이야, 빌어먹을 도둑놈들이야."

지나가는 남녀들이 나를 비웃었고, 더러는 나를 무서워하며 그네 집으로 뛰어들었습니다. 내가 시장바닥에 다다랐을 때, 한 젊은이가 지붕 위에서 소리쳤습니다.

"미친놈이다."

나는 그를 보려고 위를 쳐다보았습니다. 해가 처음으로 내 맨 얼굴에 입 맞추었습니다. 내 영혼은 해를 향한 사랑으로 불타올랐습니다. 그리고 나는 더 이상 내 가면들을 원치 않았습니다. 그리고 신들린 듯이 외쳤습니다.

"복 받으라! 내 가면들을 훔쳐간 도둑놈들아, 복 받으라!"

이렇게 나는 미친놈이 되었습니다.

그리고 나는 내 광기 속에서 자유와 안전을 찾아냈습니다. 고독의 자유와 이해 받음을 벗어난 안전. 우리를 이해하는 사람들은 우리 안의 무엇인가를 노예로 삼기 때문입니다.

그러나 나로 하여금 내 안전을 너무 뽐내지 않게 해 주십시오. 감옥 안에 있는 도둑이라도 다른 도둑으로부터 안전합니다. 초1

떠돌이

나는 그 사람을 십자로에서 만났습니다. 그는 소매 없는 외투와 지팡이 그리고 얼굴을 덮은 고통의 베일만을 지녔을 뿐입니다. 인사를 나누고 나서 내가 그에게 말했습니다.

"우리 집에 오셔서 제 손님이 되어 주십시오."

그리고 그는 나와 동행했습니다.

내 집사람과 아이들이 문간에서 우리를 맞자, 그는 미소 짓고, 식구들은 그의 방문을 기뻐했습니다. 우리 모두는 함께 식탁에 앉았습니다. 우리는 그와 함께 있어 행복했습니다. 그에게는 침묵과 신비가 깃들여 있었기 때문입니다. 저녁 식사를 마치고 우리는 불가에 앉아 그의 방랑에 대해 물었습니다.

그는 그날 밤 그리고 그 다음 날에도 많은 이야기를 들려주었습니다. 이제 내가 적는 것은 모두 그가 겪은 나날들의 쓰라림입니다. 그 자신은 온화했음에도, 이 이야기들은 그가 지내온 길에

휘날리는 먼지와 인내로 가득합니다.

사흘 뒤 그가 우리를 떠난 후, 우리는 손님이 떠났다고 느끼지 못했습니다. 그보다는 우리 가운데 하나가 아직 정원을 서성거리며 집 안으로 들어오지 않고 있는 것처럼 여겼습니다. 유1

연여생각

초간시집과 유고시집의 첫 시들이다. '미친놈'이 되어 '떠돌이'로 한 평생을 지낸 어떤 인물의 일대기 같은 느낌이 들지 않는가? 불가佛家식으로 말한다면, 법정스님이 쓴 글 제목대로, 그는 '출가'出家한 사람일 수도 있다. 스님은 이것을 "묵은 집, 집착의 집, 갈등의 집에서 떠났다 해서 출가라고 이름한 것"이라고 썼다. "탐욕의 굴레에서 벗어났다는 뜻에서 이욕離欲이라고도 하고, 진개권塵芥圈에서 뛰쳐나왔다고 해서 출진出塵이라고도 부른다."는 것이다. 그러므로 출가는 "소극적인 도피가 아니라, 적극적인 추구요, 끝없는 생명의 발현"이라고 했다. 말하자면, 그 본질적인 의미가 반드시 머리 깎고 수도승이 되는 데 있지 않고, 비본질적인 자기로부터 벗어나 본래적인 자기로 돌아가는 데 있다는 것이다.

우리의 주인공은 그토록 자발적이 아니라, 가면들을 도둑맞아서, 말하자면, 억지로 집을 뛰쳐

나온 셈이다. 여기에서 말하는 가면이 고대 그리스 연극의 페르소나persona를 뜻한다면, 그것은 '인격'이라는 고상한 의미보다는 '인간이 살아가면서 무수히 갈아대는 사회적 구실'을 의미할 수도 있다. 실제로 지브란이 자신을 '연극배우'에 비긴 기사가 존재한다. 미국 기자 조셉 골롬은 지브란을 '카멜레온처럼 잘 적응하는 사람'으로 묘사하기도 했다고 한다. 그런데 그 가면들을 도둑맞은 것이다. 그렇지만 그는 이내 맨 얼굴에 내리쬐는 태양을 느끼면서 가면을 벗게 된 것을 오히려 기뻐한다. 그리고 '광기' 속에서 '고독의 자유와 이해받음을 벗어난 안전'을 찾아낸다.

미친놈 또는 광기에는 지브란 자신의 경험이 반영되어 있다. 미국으로 이민 가기 두 해 전, 즉 열 살 나던 해, 지브란은 심한 골절상을 입어 몇 주 동안 마비 상태에 있었는데, 그때 그는 자신의 내면세계에서 샘솟는 힘에 눈 떴다고 한다.

열두 살에 미국으로 이민 가서 또 한 번 심한 골
절상을 입었는데, 그는 이로 말미암은 자극을
자신의 독특한 예술적 감수성으로 해석해내었
다. 뒤에 그는 외부에서 오는 자극을 내면의 힘
으로 바꾸는 현상을 스스로 '광기'라고 이름 붙
였는데, 《미친놈》에는 유년 시대를 거쳐 이민생
활을 겪으면서 얻은 지브란의 경험들이 반영되
어 있다. 이러한 광기는 그가 자신의 후견인이
자 정신적 연인 메리 해스켈의 도움을 받으면서
1913년부터 영어로 쓰기 시작한 《미친놈》의 주
제이기도 하다. 이 책은 1918년에 나왔는데, '미
친놈'은 그가 영향 받은 수피(이슬람교의 한 유파)
전설에서도 통찰력 있는 인물로 묘사되고 있다.
그러나 지브란은 친구 마이 지아다에게 보내는
편지에서 "내 영혼은 광인과 그의 부르짖음보다
는 숲 속의 젊은이와 그의 피리 소리에 훨씬 가
깝다."고 썼다. 이 '숲 속의 젊은이'를 이듬해에

출간된 그의 《행렬들》에 나오는 인물로 추정하
는 풀이도 있다. 그 책은 인생의 행복과 자유의
불멸을 추구하다 길을 잃은 사람들의 행렬을 묘
사한 아랍어 시이다.

　유고시집은 '외투 하나' 걸치고 '고통의 베일'
을 쓴 '떠돌이'가 손님으로 모셔져 와 '침묵'과
'신비'를 벗고 자신의 이야기를 들려주는 것으로
부터 시작한다. 《미친놈》이 미지의 미래로 향하
고 있다면, 《떠돌이》는 과거를 되돌아보고 있다.
'떠돌이가 겪은 나날들의 쓰라림'을 통해 사람들
은 그가 떠난 뒤에도 그를 마치 한 식구처럼 여
기게 된다. 그 점에서 초간시집과 유고시집은 상
통한다. 이제 우리도 이 '오랜 새 길'의 이야기에
귀 기울여보자.

2

하느님

　오랜 옛날 떨리는 첫 음성이 내 두 입술에 닿았을 때, 나는 거룩한 산에 올라 하느님에게 아뢰었습니다. "주여, 나는 당신의 종입니다. 당신의 숨은 뜻은 나의 법이고, 나는 당신을 영원토록 섬기겠습니다."

　그러나 하느님은 아무 대답도 없으시고, 거센 폭풍처럼 지나치셨습니다.

　수천 년 뒤 나는 거룩한 산에 올라 다시금 하느님에게 아뢰었습니다. "창조주여, 나는 당신의 피조물입니다. 당신은 진흙으로 나를 만드셨고, 내 모든 것은 당신 것입니다."

　그러나 하느님은 아무 대답도 않으시고, 수천 개의 빠른 날개들처럼 지나치셨습니다.

　수천 년 뒤 나는 거룩한 산으로 기어올라 다시금 하느님께 아뢰었습니다. "아버지, 나는 당신의 아들입니다. 긍휼과 사랑 속에서 당신은 나를 낳으셨고, 사랑과 예배를 통해 나는 당신의 왕국을 물려받을 것입니다."

그러나 하느님은 아무 대답도 않으시고, 먼 산등성이를 감추는 안개처럼 지나치셨습니다.

그리고 수천 년 뒤 나는 성스러운 산으로 기어올라 다시금 하느님께 아뢰었습니다. "나의 하느님, 나의 목적이자 성취시여! 나는 당신의 미래이고, 당신은 나의 내일이십니다. 나는 땅에 내린 당신의 뿌리이고, 당신은 하늘로 향한 나의 꽃이십니다. 우리는 함께 태양의 얼굴에 이르도록 커갑니다."

그때에 하느님은 내게로 몸을 기울이시며, 내 귀에 달콤한 말씀을 속삭였습니다. 그리고 바다가 그 밑을 흐르는 냇물을 껴안듯이 나를 껴안으셨습니다.

그리고 내가 골짜기들과 들판들로 내려올 때,
하느님은 그곳에도 계셨습니다. 초2

하느님 찾기

두 남자가 골짜기 사이로 걸어가고 있었습니다. 그 가운데 한 사람이 손가락으로 산기슭을 가리키며 말했습니다. "저 남자 보이시지요? 저기에 오랫동안 세상을 등진 한 남자가 살고 있지요. 그는 이 지구 위에서 오로지 하느님만을 찾지요."

다른 남자가 말했습니다. "그는 하느님을 찾아내지 못할 거예요, 그가 자신의 암자, 그리고 그 암자의 고독을 떠나 우리 세상으로 되돌아와, 우리의 기쁨과 고통을 함께 나누며, 결혼 잔치에서 우리의 춤꾼들과 더불어 춤추며, 우리 망자들의 관 주위에서 울고 있는 사람들과 더불어 울기 전에는."

첫 남자는 이를 마음으로 납득했습니다. 그러나 그의 확신에도 불구하고 말했습니다. "나는 당신 말에 전적으로 공감합니다. 그러나 나는 저 은둔자가 좋은 사람이라고 믿어요. 그리고 한 선인의 부재가 이 많은 사람들의 겉보기 선함보다 낫다고 하는 것이 좋지 않을까요?" 유49

연여생각

레바논의 시인 칼릴 하위는 초간시집의 이 시로부터 미친놈이 환생을 믿었다는 증거를 읽고 이를 매우 중시한다.

"광인은 그가 이전에 거쳐 왔던 일곱 평생을 의식하고 있다. 그의 첫째 생에서 그는 하느님을 '주인'으로, 그 자신은 그의 '종'으로 생각한다. 하느님은 이에 화를 내며 폭풍우처럼 떠나가 버린다. 그 다음 생에서는 하느님을 '창조주'로 숭배하고, 그 자신은 흙으로 빚어진 '피조물'이라고 생각한다. 그리고 다음 생에서는 스스로를 하느님의 아들로 보고, 하느님을 '아버지'라고 부른다. 그러나 하느님은 이 사람이 가진 자아 개념을 못마땅하게 여겨 그에게 응답해 주질 않는다. 결국 광인은 하느님과 자신의 관계를 꽃과 뿌리 같은 유기적 관계로 인식함으로써 마침내 하느님으로부터 대답을 얻게 되었고, 그 후 그는 하느님이 세상 어디에나 계심을 보게 된다." 칼릴 지브란,

권국성 역,《광인》해설 부분, 진선출판사, 2004.

그럴 듯한 해석이다. 그런데 하느님, 하나님, 알라, 부처는 사실상 인간들 사이에서 벌어지는 다툼일 뿐, 절대적인 존재에게 이름이 있을 리 없다. 노자가 《도덕경》 제1장에서 '길이라 할 수 있는 것은 영원한 길이 아니다.'[道可道非常道]라 한 그대로이다. 그렇다고 영원한 도道만을 목표로 하여 거기에 이를 수도 있을 길을 외면해서도 안 된다. 많은 사람들은 절대적 존재에게 닿을 수 있는 방향을 '높이'에만 두고, 산을 오른다. 그러나 그것은 골짜기 아래 '깊이'인지도 모른다. 초월적 존재와 내재적 존재의 갈등이랄까?

예수도 변화산 위에 올라 모세와 엘리야와 함께 옷이 순결한 백색으로 바뀌는 놀라운 체험을 한다. 따라갔던 제자들은 앞다투어 "여기가 좋사오니 여기다 초막 셋을 짓고 영원히 살자"고 졸라댄다. 그러나 예수는 본래의 모습으로 되돌아와 산을 내려가 사람들 속으로 들어선다.

우리의 주인공도 산에 올라 수천 년에 걸쳐 그곳에서 하느님을 뵙고자 했으나, 결국 "내가 골짜기들과 들판들로 내려올 때, 하느님은 거기에도 계셨습니다."라고 깨닫는다.

유고시집의 두 사람 가운데 하나인 은둔자는, "자신의 암자와 그 암자의 고독을 떠나 우리 세상으로 되돌아와, 우리의 기쁨과 고통을 함께 나누며, 결혼 잔치에서 우리의 춤꾼들과 더불어 춤추며, 우리 망자들의 관 주위에서 울고 있는 사람들과 더불어 울기 전에는 하느님을 찾아내지 못할 것"이라고 단언한다. 그렇다고 우리가 홀로 수행하는 이들을 함부로 비웃어서는 안 된다. 그는 최소한도 "한 선인의 부재가 이 많은 사람들의 겉보기 선함보다 낫다."는 것을 인정받아야 하기 때문이다. 신을 찾는 일은 존재의 궁극적 관심이라는 현대 신학자 폴 틸리히의 말을 따른다면, 겉껍데기만의 신은 우리와 상관없을 것이다.

~~~
| 3 |

# 내 친구

내 친구여! 나는 겉보기와는 다릅니다. 겉모습은 내가 입고 있는 외투에 지나지 않습니다 – 그대의 질문들로부터 나를 보호하고 나의 소홀로부터 그대를 보호하도록 조심스럽게 지은 외투.

내 속의 '나'는, 내 친구여, 침묵의 집 속에 머물고 있으면서 오래도록 사람들 눈에 띄지도 않고, 또 사람들이 쉽사리 다가갈 수도 없을 것입니다. 그럴 때 내 말을 믿지도 말고, 내 행실을 믿지도 말아야 합니다. 왜냐하면 내 말은 그대들 생각의 메아리에 지나지 않고, 내 행실은 그대들 희망의 실천에 지나지 않기 때문입니다.

그대가 "바람이 동쪽에서 분다." 하면, 나도 "그러네요. 동쪽에서 불어오네요." 합니다.

왜냐하면 나는 그대에게 내 마음이 바람이 아니라 바다 위에 머문다는 것을 알리고 싶지 않기 때문입니다.

그대는 바다 위를 떠도는 내 생각들을 알 수
~~~

없고, 나도 그대에게 알리고 싶지 않습니다. 나는 홀로 바다에 있을 것입니다.

그대에게 낮이면, 내 친구여, 내게는 밤입니다. 내가 언덕들 위에서 춤추는 한낮을 이야기하고 골짜기로 사라져가는 진홍빛 그림자를 이야기한다 해도, 그대는 나의 어둠의 노래들을 듣지도 못하고, 별들을 향해 퍼덕이는 내 나래들을 보지도 못합니다. 나는 기꺼이 그대로 하여금 듣지도, 보지도 못하게 하렵니다. 나는 홀로 밤과 함께 있으렵니다.

그대가 그대의 천국으로 올라갈 때, 나는 내 지옥으로 내려갑니다. 그대가 메울 수 없는 심연을 가로질러 내게 "동지여, 동무여!" 라고 외치면, 나도 그대에게 "동무여, 동지여!" 라고 대답합니다. 나는 그대가 내 지옥을 보지 못하도록 하렵니다. 불길이 그대의 눈길을 태우고, 연기가 그대의 콧구멍을 메울 것입니다. 당신이 그곳을 찾게 하기엔 나는 내 지옥을 너무나 사랑합니다. 나는 지옥 속에 홀로 있을 것입니다.

그대는 진선미를 사랑합니다. 그리고 나는 그대로 말미암아 그것이 좋다고, 그리고 사랑한다고 꾸며 말합니다. 그러나 나는 마음속으로 그대의 사랑을 비웃습니다. 그러나 나는 그대가 내 비웃음을 보지 못하게 하렵니다. 나는 홀로 웃을 것입니다.

내 친구여! 그대는 착하고, 조심성 있고, 지혜롭습니다. 아니, 그대는 완벽합니다 - 그리고 나 역시 그대와 더불어 지혜롭고, 조심성 있게 말합니다. 그럼에도 나는 미친놈입니다. 그러나 나는 내 광기를 가립니다. 나는 홀로 미칠 것입니다.

내 친구여! 어떻게 해야 그대로 하여금 내가 그대의 친구가 아니라는 것을 알게 할까요? 내 길은 그대의 길이 아니지만, 우리는 함께 걷습니다, 손에 손 잡고. 초3

외투들

옛날에 아름다움과 추함이 바닷가에서 만났습니다. 그러자 그들은 서로에게 말했습니다. "헤엄을 칩시다."

그들은 이내 옷을 벗고 물속으로 뛰어들었습니다. 잠시 뒤 추함이 바닷가로 되돌아와서 아름다움의 외투로 자신의 몸을 가린 채 제 갈 길을 갔습니다.

아름다움 역시 바다에서 나와 그녀의 벗은 몸이 너무나 부끄러워 추함의 옷가지를 몸에 걸쳤습니다. 그리고 아름다움도 제 갈 길을 갔습니다.

바로 그날 모든 남녀들이 하나를 다른 하나로 잘못 보았습니다.

그러나 그들 가운데 몇몇은 아름다움의 얼굴을 쳐다보고 그녀의 외투와는 상관없이 그녀를 알아보았습니다. 그리고 몇몇은 추함의 얼굴을 알아보았습니다. 옷이 둘을 사람들의 눈으로부터 가려 주지 못했습니다. 유2

연여생각

　초간시집의 〈내 친구〉에 대한 칼릴 하위의 해석을 다시 한 번 인용한다면, 다음과 같다.

　"미친놈은 자기의 내면세계에 대해 아무 것도 모르는 친구에게 자기의 감추어진 면을 고백한다. 그 '친구'는 미친놈이 쓴 가면의 친구, 즉 일상적인 자아의 친구이지, 그의 더 큰 자아의 친구는 아니다."

　친구에게 어떻게 자신의 모습을 감출 수 있을까? 여기에 '외투'가 나온다. 그리고 유고시집에는 아예 〈외투〉라는 제목의 시가 있기도 하다. 전자는 예컨대 진선미를 사랑하지도 않으면서 사랑하는 척 본 모습을 감추기 위해 걸쳐졌고, 후자는 아름다움과 추함의 본질을 감추려 해도 감추지 못한 채 드러낸다. 외투는 존재를 감추면서 동시에 드러낸다. 독일 철학자 하이데거는 고대 그리스어를 따라 진리를 '탈은폐'라고 했다. 모든 존재자는 존재 자체를 가리는 베일 위에 그려진 그림 같아서 존재 자체로 나아가려면, 아니, 존재가 우리에게로 육박해오게 하려면, 그 장막을 찢어내야 한다는 것이다. 이 '탈은폐'aleteia를 진리라고 했다. 지브란은 참다운 자아를 찾기 위해 비본래적인 가면으로부터 놓여나야 한다고 했는데, 피차간에 일맥상통하는 것으로 보인다.

《예언자》 가운데 〈옷에 대하여〉(일부)도 같은 취지이다. 옷에 대해 묻는 길쌈꾼에게 예언자 알무스타파는 대답한다.

"너희 옷은 아름다움을 많이 감추면서도 너희의 아름답지 못한 것을 가리지는 못하느니라.

너희는 옷 속에서 마음대로 사사의 비밀을 지키려 하지만, 도리어 그것이 갑옷이 되고 사슬이 됨을 깨달을 것이다.

너희가 옷을 좀 덜 입고 살갗을 좀 더 내놓고 햇빛과 바람을 대할 수 있었더라면, 얼마나 좋았을까.
생명의 숨은 햇빛 속에 있고, 생명의 손은 바람 속에 있기 때문이다.” (함석헌 역)

요컨대, 자아는 결코 자아를 친구 삼을 수 없다. 절대 고독의 상태에 있고 싶어 하는 것 같다. 그러면서도 둘은 서로 ‘다른 길’을 동행한다. 있을 수 없는 일 같은데, 실존의 내밀內密은 이를 긍정한다.
유고시집에서 사람들은 흔히 미와 추를 분간하지 못하지만 본질을 꿰뚫어보는 사람은 둘을 제대로 식별해낸다. 그러나 전자에서 두 친구가 동행하듯, 미와 추 역시 동행하는 것은 아닐까? 아니, 그 둘은 겉으로만 달라 보이는 것은 아닐까? 장자莊子(기원전 369년에 태어나 286년에 죽은 것으로 추정되는데 노자와 함께 도가道家를 대표한다. 그래서 도가를 노장老莊사상이라고도 한다.)
의 책에는 아름다움과 추함의 거리가 얼마나 되
는지를 묻는 대목이 있다. 인간들이 아무리 아
름답다고 찬탄하는 모장毛嬙이나 여희麗姬 같은
미인이라 할지라도 연못가에 나타나면 물고기들
은 놀라 물속으로 숨어들고, 새는 보자마자 높
이 날아가 버리고, 사슴은 보자마자 급히 도망
갈 뿐이다. 이 넷 가운데 어느 쪽이 아름다움을
바르게 안다고 하겠느냐는 것이다. 아름다움과
추함의 상대적 성격을 지적하는 듯한 눈으로 보
면, 지브란의 미추를 식별하는 관점 역시 아직
한계적이라고나 할까? 그러나 이 유고시집의 미
추를 보는 관점 역시 눈에 보이는 대로 판단하
지 말라는 경고에 그 핵심이 있지 않을까?
　김흥호 교수는 《빛·힘·숨》에서 청전 이상범
화백에 대한 흥미로운 일화를 적어 놓았다. 그
의 그림을 보면 늘 시골의 야산 밑에 다 쓰러져

가는 초가집과 그 옆에 허술한 변소를 그리는
데, 사람들이 왜 그런 그림만 그리는지 물었다.
그랬더니 "나도 젊었을 때에는 금강산에 가서
살았소. 그리고 세상에 아름답다는 것은 다 찾
아다녔소. 그리고 그때는 그런 아름다운 것들만
그렸소. 그런데 그림의 세계를 오랫동안 섭렵하
다 보니까 이제는 세상의 물건치고 아름답지 않
은 것이 없게 되었소. 그리고 특별히 우리나라의
초가집, 그리고 그 옆에 있는 다 쓰러질 것 같은
변소, 그것이 그렇게 아름다울 수가 없었소." 하
더란다. 그야말로 도道가 튼 분의 경지가 아닐
수 없다. 불가에서 변소를 해우소解憂所라 한다
던가? 온갖 근심을 벗어내는 곳이라니 참으로
편안하고 그러기에 아름다운 곳이리라.

| 4 |

허수아비

언젠가 나는 허수아비에게 말했습니다. "너는 틀림없이 이 외로운 들판에 서 있는 데 지쳤을 거야."

그러자 그가 말했습니다. "새들을 놀라게 하는 재미는 깊고 오래 가지요. 나는 결코 짜증나지 않아요."

잠깐 생각한 뒤에 나는 말했습니다. "그래 맞아. 나도 그 재미를 알지."

그가 말했습니다. "지푸라기로 채워진 사람들만이 그걸 알 수 있어요."

그리고 나는 그를 떠났습니다, 그가 나를 칭찬했는지, 흉보았는지 알지 못한 채.

일 년이 지나는 사이에 허수아비는 철학자로 변했습니다.

그리고 내가 다시 그 옆을 지나칠 때, 나는 그의 모자 밑에 둥지를 틀고 있는 까마귀 두 마리를 보았습니다. 초4

철학자와 신기료장수

신기료장수의 상점에 낡은 신을 신은 철학자가 찾아왔습니다. 철학자가 신기료장수에게 말했습니다. "내 신을 고쳐 주시오."

신기료장수가 말했습니다. "나는 지금 다른 사람의 신을 고쳐주고 있습니다. 그리고 선생님 차례가 올 때까지 땜질해 주어야 할 구두가 또 있는뎁쇼? 신을 여기다 두시고 오늘은 이 다른 한 짝을 신으십쇼. 그리고 내일 선생님 신을 찾으러 오십쇼."

그러자 철학자는 성을 내면서 말했습니다. "나는 내 것이 아닌 신은 신지 않아."

신기료장수가 말했습니다. "그러시다면야 선생님은 정말 철학자시군요. 다른 사람의 신으로 선생님 발을 싸지는 못하시겠다굽쇼? 바로 이 거리에 다른 신기료장수가 있는뎁쇼. 그 사람은 나보다 철학자들을 더 잘 이해합지요. 그 사람에게 가서 신을 고치시죠." 유27

연여생각

　절대적 존재, 궁극적 존재를 찾는 사람들이 있다. 종교적으로는 사제들이 그러할 것이고, 일반적으로는 철학자들이 그러할 것이다. 그들 가운데는 더러 현실에 대한 관심에서 떨어져 종종 웃음거리가 되는 사람도 있다. 탈레스는 기원전 6세기에 이오니아의 밀레투스 출생으로 당시를 풍미하던 대철학자이다. 그는 천문학에 조예가 깊어 기원전 585년의 일식日蝕을 미리 알아냈다고도 한다. 아리스토텔레스는 그를 '철학의 아버지'라고 불렀으나, 아리스토텔레스의 스승 플라톤은 그가 밤에 별을 보며 걷다가 우물에 떨어졌는데, 영리한 트라키아인 하녀가 이를 보고 "하늘의 이치를 알려고 하면서 바로 앞의 우물은 보시지 못하는군요."라고 비웃었다고 기록해 놓고 있다.

　철학자들은 때로 절대적 존재와 '직통 전화'를 가지고 있다는 자부심 때문에 자신의 견해

만을 고집하는 경향도 있다. 초간시집에서 철학자는 '허수아비'로 묘사된다. 까마귀 소리로 짖어대면서, 속은 짚으로 채워져 있다는 야유 같기도 하다. 영어로 허수아비는 scarecrow인데, 까마귀를 뜻하는 crow와 연관시켜 철학자를 풍자한 것 같기도 하다.

유고시집에서는 철학자가 '신기료장수'와 대조되고 있다. '신기료장수'는 실제로 내 어린 시절에도 볼 수 있었는데, '헌 신을 기우라'는 목청 좋은 외침이 마치 '신기료'로 들린다 하여 붙여진 별명으로, 동화책에도 더러 등장한다. 이 장면의 철학자는 자신이 우선이어야 한다는 자만에 빠져 상대의 사정을 살피지 않고 무리수無理數를 두고 있다. 철학哲學이란 어휘는 일본인들이 서양 문물을 받아들이면서 만든 번역어인데, 원어로는 '지혜 사랑'philo-sopia이라는 뜻을 지닌다. 그렇다면, 지혜란 무엇인가? 유고시집의 〈탐색)이 혹시 그 답은 아닐까?

탐색

천 년 전 두 철학자가 레바논 산기슭에서 만났습니다. 하나가 다른 하나에게 말했습니다. "어디로 가시오니까?"

다른 하나가 대답했습니다. "나는 젊음의 샘을 찾고 있습니다. 이 언덕들 사이에서 샘이 솟는다는 것을 알고 있소이다. 나는 그 샘이 태양을 향해 흐르고 있다는 기록을 찾아내었다오. 그런데, 그대는 무얼 찾고 계신가?"

첫째 남자가 대답했습니다. "나는 죽음의 신비를 찾고 있소이다."

두 철학자들은 제각기 다른 사람이 중대한 학문적 결점이 있다고 생각했고, 그래서 각기 다

른 쪽이 영적인 맹목성의 혐의가 있다고 다투기
시작했습니다.

두 철학자가 바람을 일으키며 시끄럽게 다툴
때, 고향에서 바보로 여김 받는 이방인 남자 하
나가 그 곁을 지나가다가 두 사람이 심하게 다
투는 소리를 듣고, 잠시 멈추어 서서 그들의 논
쟁에 귀를 기울였습니다.

그리고는 두 사람 가까이로 와서 말했습니다.
"선한 분들이시여! 당신들 둘 다 정말 같은 학파
에 속한 것 같소. 당신들은 같은 것을 이야기하
고 있는 듯한데, 단지 말이 다를 뿐이요. 당신들
가운데 하나는 젊음의 샘을 찾고, 다른 하나는
죽음의 신비를 찾소. 그러나 그것들은 참으로
하나에 불과한즉, 하나가 되어 당신들 두 분 안
에 거하고 있습니다."

그리고 이방인은 뒤돌아서며 말했습니다.
"안녕, 철인들이여!" 그리고는 계속해서 웃었습

니다.

　두 철학자들은 잠시 침묵 속에 서로를 바라보다 웃었습니다. 그리고 그 가운데 하나가 말했습니다. "자, 이제 함께 걸으면서 찾아볼까요?" 유42

몽유병자

　내가 태어난 마을에 몽유병을 가진 모녀가 살았습니다.

　어느 날 밤, 침묵이 세계를 감싸 안았을 때, 여인과 그 딸은 아직 잠이 든 채 걷다가 안개 덮인 정원에서 만났습니다.

　그러자 어머니가 외쳤습니다. "드디어, 드디어 내 적을 만났구나! 너 때문에 내 젊음은 망가졌고 – 너는 내 폐허 위에 삶을 세웠다! 너를 죽여 버릴 수만 있다면!"

　이제는 딸이 외쳤습니다. "오, 가증스러운 여자! 이기적이고 늙어빠진 여자. 내 자유로운 자아와 나 사이에 버티고 서서 내 삶을 당신 자신의 사라져 버린 삶의 메아리로 만들다니! 차라리 죽어버렸으면!"

　그 순간 닭이 울고, 모녀는 깨어났습니다. 어머니는 다정하게 말합니다. "너로구나, 내 사랑!" 그러자 딸도 다정하게 답합니다. "네, 엄마!" 초5

밤과 미치광이

"오, 밤이여! 나는 그대와 같이 어둡고 벌거벗었다. 내가 낮꿈들 위에 놓인 불타는 오솔길을 걸으면서 내 발로 땅을 디딜 때마다 거대한 참나무가 솟아난다."

"아니, 그대는 나와 같지 않다. 오, 미치광이여! 그대는 모래 위에 남긴 제 발자국이 얼마나 큰지 보려고 아직도 뒤돌아보기 때문이다."

"오, 밤이여! 나는 그대와 같이 깊이 침묵하고 있다. 내 고독한 심장 속에 놓인 아기 침대에는 여신이 하나 누워 있다. 그리고 태어나고 있는 아이 안에서 천국과 지옥이 맞닿는다."

"아니, 그대는 나와 같지 않다. 오, 미치광이여! 그대는 아직도 고통 앞에서 전율하며 심연의 노래가 그대를 두렵게 한다."

"나는 그대와 같이, 오, 밤이여, 거칠고 끔찍하다. 내 두 귀는 정복당한 민족들의 외침과 잊힌 나라들을 위한 한숨으로 가득 찼다."

“아니, 그대는 나와 같지 않다. 오, 미치광이
여! 그대는 아직도 그대의 소小자아를 동지로
받아들이고 있고, 그대의 대大자아와 친구가 될
수 없다.”

“나는 그대와 같이, 오, 밤이여, 잔인하고 무
시무시하다. 바다에서 불타는 배들이 내 가슴을
밝히고, 칼로 베인 전사들의 피가 두 입술을 적
신다.”

“아니, 그대는 나와 같지 않다. 오, 미치광이
여! 아직 영혼의 자매를 찾는 갈망이 그대 위에
떠돌고, 그대 자신에 이르는 법칙이 되지 못하
였다.”

“나는 그대와 같이, 오, 밤이여, 즐겁고 기쁘
지 않다. 내 그림자 안에 거하는 남자는 이제 새
포도주를 마시고, 나를 따르는 여인은 웃으며
죄를 짓고 있다.”

“아니, 그대는 나와 같지 않다. 오, 미치광이

여! 그대의 영혼은 일곱 주름의 베일 속에 감싸여 있고, 그대는 그대 안에 스스로의 심장을 움켜쥐고 있지 않다.”

“나는 그대와 같이, 오, 밤이여, 참을성 있고 열정적이다. 내 가슴은 천명의 죽은 애인들이 시들어진 입맞춤으로 만든 수의에 싸여 묻혀 있다.”

“그대, 미치광이여! 그대가 나와 같다고? 그대가 태풍 위에 말처럼 올라 탈 수 있고 섬광을 칼처럼 휘두를 수 있다고?”

“그대와 같이, 오, 밤이여, 나도 그대와 같이 강하고 높다. 내 옥좌는 몰락한 신들의 무더기 위에 세워져 있고, 내 앞으로 나날들이 내 외투 깃에 입 맞추기 위해 지나가지만 결코 내 얼굴은 쳐다보지 못하기 때문이다.”

“그대가 나와 같다고? 내 가장 어두운 심장의

아이여! 그대가 나의 길들여지지 않은 생각들을
꾸며내어 나의 광대한 언어로 말한다고?”
　“그래, 우리는 쌍둥이 형제다, 오 밤이여! 그대
는 공간을 드러내고, 나는 내 영혼을 드러낸다.”
초24

연여생각

  초간시집의 〈몽유병자〉는 실상 한 사람 속에 있는 두 개의 자아가 분명하지 않은 상태로 뒤엉켜 있는 모습을 그리고 있다. 둘은 모녀 사이로 그려져 있다. 깨어 있을 때에는 서로를 지극히 사랑하지만, 밤이 되면 잠들었던 적대의식이 깨어나 서로를 증오한다. 유고시집에서는 비슷한 모습이 '밤과 미치광이'의 관계로 묘사된다. 아마도 낮에는 멀쩡하던 사람이 밤이 되면 미치광이가 되어 자신을 뛰어넘는 세계를 넘겨본다.

  동양에서 유명한 꿈 이야기로는 장주莊周의 호접몽胡蝶夢, 즉 나비 꿈이 있다. 중국의 작가로 천안문 사건에 항의하다 결국 프랑스로 망명하여 노벨문학상을 수상한 가오싱젠의 희곡 가운데 〈저승〉이라는 작품이 있다. 이 작품은 장주의 이야기를 바탕으로 하고 있는데, 2011년에 우리나라에서 세계 초연이 이루어졌다 하여 화제가 되기도 했다.

　장주가 천하를 떠돌다가 문득 집에 혼자 있
는 부인이 혹시나 바람을 피우지 않는지 의심이
들어 자신이 죽었다고 거짓을 꾸미고 빈 관을
집에 보낸 다음 초나라 귀공자로 변신하여 문상
하고 아내를 유혹한다. 결국 유혹에 넘어간 부
인은 급살을 맞았다는 귀공자를 살리기 위하여
그의 처방대로 방금 죽은 사람의 뇌를 약재로
쓰려고 남편의 관을 도끼로 부수려 한다. 그 순
간, 관 속에서 남편이 일어나 아내는 장주가 자
신을 떠보려고 벌인 수작임을 깨닫고 그 도끼로
자결한다는 줄거리로 전반부가 구성되어 있다.
그 끝 부분에 나비 꿈이 다음과 같이 삽입되어
있다.(오수경 역)

장주 (갑자기 웃음을 멈추고) 꿈꾸는 거겠지? 꿈인
　　　가, 아닌가, 나 장주가 꿈에 나비가 되었나,
　　　나비가 꿈에 장주가 되었나? 장주가 나비되

는 꿈을 꾼 게 나비의 꿈이었나? 나비가 장주되는 꿈을 꾼 게 장주의 꿈이었나? 장주가 꿈에 나비되는 게 나비가 꿈에 장주되는 건가? 아니면, 나비가 꿈에 장주되는 게 장주가 꿈에 나비되는 건가? 아니면, 장주가 꿈에 나비되는 게 나비가 꿈에 장주되는 거고, 장주의 꿈이 나비의 꿈이 아닌 건가? 아니면……

오스트리아의 분석심리학자 지그문트 프로이트는 꿈을 낮 동안에 억눌렸던 생각들이 가시화되는 것으로 보았다. 그리고 그것을 바탕으로 《꿈의 해석》을 집필하여 아직도 여러 가지 방식으로 영향을 미치면서 스테디셀러로 널리 읽히고 있다. 프로이트에게 자극 받은 일련의 화가들은 이른바 초현실주의 예술운동을 일으켜 한때를 풍미했다. 그런가 하면 에른스트 블로흐라는 독일 철학자는 밤꿈이 현실의 연장선 위에 있는 것과 달리 낮꿈은 대낮에 보는 미래로서, 이제와는 전혀 다른 세계에 대한 전망을 보여준다고 푼다. 그리고 그것을 '희망'과 연결시킨다. 지브란이 많은 영향을 받고 그의 초상을 그려주기도 한 칼 구스타프 융은 '밖을 바라보는 자는 꿈을 꾸지만, 안을 바라보는 자는 깨어있다.'라는 속담을 즐겨 인용했다 한다. 이에 부응하듯, 지브란 자신은 융을 만나기 몇 주 전에 "내 삶은 내면적이다."라고 쓰고, 드디어 《예언자》에서는 "꿈을 믿어라, 꿈속에는 영원으로 향하는 문이 있으니"라고 썼다.

여기에 등장하는 밤은 분명 프로이트적이다. 자아는 아직 미완의 상태에서 자신과 사투를 벌이고 있다.

초간시집의 〈밤과 미치광이〉에서 둘은 〈몽유병자〉의 모녀와 같이 서로 닮았으면서도 다르다고 다툰다. 그러나 결국 그 둘은 '쌍둥이 형제'라고 승인한다.

유고시집에는 꿈과 생시에 관한 또 한편의 시가 있다. 〈꿈〉이라는 제목이다.

꿈

한 남자가 꿈을 꾸었습니다. 꿈에서 깨어났을 때, 그는 그의 점쟁이에게 가서 그가 꾼 꿈을 쉽게 풀어달라고 요청했습니다.

그러자 점쟁이는 남자에게 말했습니다. "당신이 멀쩡하게 깨었을 때 본 꿈들을 가지고 내게 오시오. 당신이 잠잘 때 꾼 꿈들은 내 지혜에도, 당신의 상상력에도 속하지 않습니다." 유22

| 6 |

똑똑한 개

어느 날 한 무리의 고양이들 옆을 똑똑한 개가 지나가게 되었습니다.

자신이 가까이 다가오는데도 고양이들이 저희들끼리 몹시 골몰해서 거들떠보지도 않자, 개가 멈춰 섰습니다. 이윽고 무리들 가운데서 크고 진중한 고양이 한 마리가 몸을 일으켜 다른 고양이들을 바라보며 말했습니다. "형제들이여! 다 같이 기도하자. 아무것도 의심하지 말고 거듭 거듭 기도할 때, 진심으로 쥐들이 비처럼 쏟아질 것이다."

이 말을 듣고 개는 마음속으로 비웃으면서 고양이들로부터 돌아서면서 말했다. "오, 눈멀고 어리석은 고양이들아! 나는 물론 내 선조들도 알지 못했거니와, 그런 기록도 없다. 기도와 신앙과 간청 때문에 쏟아지는 것은 쥐떼가 아니라, 뼈다귀들이라는 것을 모른다는 말이냐?" 초6

쥐와 고양이

어느 날 저녁 시인이 농부를 만났습니다. 시인은 쌀쌀맞고 농부는 부끄러움을 탔지만, 이럭저럭 이야기를 나누었습니다. 농부가 말했습니다. "선생께 내가 최근에 들은 짧은 이야기를 하나 들려 드리지요. 쥐 한 마리가 덫에 걸리고도 그 안에 놓인 치즈를 행복하게 먹고 있는 동안, 고양이가 다가섰습니다. 쥐는 잠시 떨었지만, 그는 자신이 덫 안에서 안전하다는 것을 깨달았습니다. 그러자 고양이가 말했습니다. "최후의 만찬을 들고 계시는구만, 친구여!"

"그래." 쥐가 대답했습니다. "나는 한 번 살고, 한 번 죽는다. 너는 어떻지? 사람들이 너는 아홉 번 산다더라. 그건 네가 아홉 번 죽어야 한다는 것을 뜻하지 않니?"

농부가 시인을 쳐다보고 말했습니다. "이상한 이야기가 아닙니까?"

그러자 시인은 아무 대답도 않았습니다. 그러

나 그는 걸으면서 속으로 생각했습니다. "분명히
우리는 아홉 번 산다. 분명히 아홉 번 살아. 그리
고 아홉 번 죽게 되겠지. 아마도 한 번 덫 안에
갇혀 – 최후의 만찬으로 치즈 한 조각을 갉아먹
는 농부의 생활이 더 낫지 않을까? 그렇지만 우
리는 사막과 밀림 속에 사는 사자들과 너무 비
슷하지 않나?" 유37

연여생각

초간시집에 처음 등장하는 동물 우화는 개와 고양이다. 우리 사이에서도 둘은 아주 사이가 나쁜 것으로 알려져 있는데, 레바논의 경우에도 그런 모양이다. 그런데 잘 읽어보면 그 둘 사이에 쥐가 개입되어 있다. 고양이는 쥐를 양껏 잡아먹을 것을 꿈꾸며 기도하는데, 개는 이를 비웃는다, 기도하면 쥐가 아니라 자신이 좋아하는 뼈다귀가 떨어지게 마련이라고. 그런가 하면 유고시집에는 덫에 걸린 쥐가 고양이로부터 안전하게 지켜진 상태에서 좋아하는 치즈를 마음대로 먹을 수 있는 행복을 자처한다.

그 모습이 불경佛經에 나오는 사형수와 비슷하다. 왕에게 죄를 짓고 벌판을 끝없이 도망치는 사형수가 성큼성큼 뒤따라오는 코끼리 때문에, 마침내 우물로 뛰어들어 반쯤 떨어지다가 칡넝쿨에 죽기 아니면 살기로 매달렸는데, 흰 쥐와 검은 쥐가 그 넝쿨을 갉아 먹더라는 이야기다. 더러는 그런 상태에서 마침 눈 앞에 있는 꿀을 빨더라고 되어 있다. 여기에서 흰 쥐는 낮을, 검은 쥐는 밤을 상징한다. 인간의 삶이 얼마나 고달프고 절망적인지를 잘 들려주는 이야기이다. 그럼에도 인간들은 천년만년 살 것처럼 아옹다옹한다. 아, 허무하고 가련함이여!

　물론 초간시집의 경우, 쥐와 고양이는 인생의 허망함보다는 기복祈福 신앙에 대한 야유로 읽힐 수 있다. 그럴 경우, 종교는 한낱 자신의 허망한 욕심을 채우는 수단이 되어버린다. 동전을 넣으면 자신이 원하는 물건이 튀어 나오는 자동판매기라고나 할까? 하물며 땡전 한 푼 안 넣고 그저 바라기만 하는 사람들도 부지기수일 것이다.

| 7 |

두 은둔자들

외로운 산꼭대기에 두 은둔자들이 하느님을
공경하고 서로를 사랑하며 살고 있었습니다.

이 두 은둔자들은 흙으로 빚은 막사발 하나
를 지니고 있었는데, 그것이 그들의 유일한 소유
였습니다.

어느 날 악령이 늙은 은둔자의 마음속으로
숨어 들어와 젊은이에게로 다가갔습니다. 그리
고 말했습니다. "우리가 함께 산지도 오래되었구
나. 이제는 우리가 헤어질 시간이다."

그러자 젊은 은둔자는 슬퍼하며 말했습니다.
"형님, 저를 떠나셔야 한다니 슬픕니다. 그러나
꼭 가셔야 한다면, 그렇게 하십시오." 그리고 흙
으로 빚은 막사발을 가져다주면서 말했습니다.
"이걸 나눌 순 없으니, 형님이 가져가십시오."

그러자 늙은 은둔자가 말했습니다.

"자선은 받아들이지 않겠네. 내 것 이외에는
아무것도 취하지 않을 터이니, 나눔세."

그러자 젊은 은둔자가 말했습니다.

"이 막사발을 깨면, 형님께나 제게나 무슨 소용이 있겠습니까? 정 그래야 속이 편하시다면 차라리 던져버립시다."

그러나 늙은 은둔자가 다시 말했습니다. "나는 오로지 정의와 내 자신의 소유만 갖고자 하네. 정의와 내 자신의 소유를 결코 헛된 우연에 맡길 생각이 없네. 막사발은 나눠야 하네."

그러자 젊은 은둔자는 더 이상 이유를 찾지 못하고 말했습니다. "그게 정말로 형님 뜻이라면, 그리고 그렇게 해서라도 몫을 가지시겠다면, 이 막사발을 부숩시다."

그러자 늙은 은둔자의 낯빛은 붉으락푸르락해졌습니다. 그리고 그는 소리쳤습니다.

"오! 이 빌어먹을 겁쟁이야, 넌 왜 싸우려 들지 않니?" 초7

법령들과 법률 제정

여러 해 전에 위대한 왕이 있었는데, 그는 현명했습니다. 그는 그의 신하들에게 법령을 제정, 시행하라고 했습니다.

그는 자신의 수도首都에 천 명에 이르는 부족의 현인들까지 불러 모아 법령을 제정토록 했습니다. 이 모든 일은 순조롭게 이루어졌습니다. 그런데 양피지 위에 기록된 천 개의 법령들을 받아들어 읽어 본 왕은 속으로 아프게 울었습니다. 자신의 왕국 안에 천 가지나 되는 범죄가 있었다는 것을 알지 못했기 때문입니다.

왕은 서기를 불러 앉혀 미소를 띠면서 손수 자신의 법령을 불러주었습니다. 그의 법령은 일곱 개에 지나지 않았습니다.

그러자 천 명의 현인들은 화를 내며 자신들이 제정한 법령들을 가지고 자신의 부족들에게 돌아갔습니다. 그리고 모든 부족은 그 현인들의 법령을 따랐습니다.

그런 까닭에 우리 시대까지 그들은 법령들을
가지고 있습니다.

그 나라는 큰 나라였는데 천 개의 감옥이 있
고, 그 감옥에는 천 개의 법령들을 위반한 남녀
들이 가득했습니다.

그 나라는 참으로 큰 나라였지만, 그곳 사람
들은 천 명의 법령제정자들과 단 한 명뿐인 현
명한 왕의 후예들입니다. 유25

연여생각

　마이크 샌델의 《정의란 무엇인가?》의 번역본이 시중에서 높은 인기를 얻어 베스트셀러가 되었고, 교육 텔레비전에서는 그의 강의가 한글 자막과 함께 방영되기도 했다. 이러한 현상이 우리 사회에 정의가 없다는 반증 같기도 해서 씁쓸해지기조차 한다.

　이른바 공동체주의를 대표하는 그의 책을 읽었든, 읽지 않았든, 많은 사람들이 정의라면 우선 '이에는 이, 눈에는 눈' 식으로 받아들이는 것 같다. 우리나라에서도 공연되어 많은 관객들에게 환호를 받은 〈고곤의 선물〉이라는 작품은 〈아마데우스〉로 유명한 영국의 극작가 피터 쉐퍼가 쓴 것이데, 주인공인 극작가(에드워드)와 그의 애인(헬렌)이 나누는 대사 가운데 다음과 같은 대목이 있다. (남육현 역)

　에드워드 이놈의 세상은 흐리멍덩하단 말이야. 구

심점도 없고, 모두 자의식에 갇혀 있
고……. 난도질당한 채 욕실에 누워있는
아가멤논에겐 흐리멍덩한 부분이라곤
하나도 없었어. 그게 바로 드라마야. 명
명백백한 피의 복수. 그게 바로 진정한
정의야.

헬렌　　복수? 그것은 정의가 아니죠.

에드워드　아니, 정의야! 가장 진실한 정의. 〈햄릿〉
　　　　을 예로 들까? '천인공노할 살인에 대
　　　　해 복수하라!' 그게 그 작품의 전부야.
　　　　당신 같으면 어쩌겠어? 세상을 정화하
　　　　겠어? 아니면 내버려두겠어? 셰익스피
　　　　어의 실수는 마지막에 유령을 잊어버린
　　　　거야. 그 유령이 뺨에 클로디우스 왕의
　　　　피를 묻히고 흡족해 하는 모습을 우리
　　　　가 봐야하는 건데 말야.

헬렌　　햄릿은 고민했죠. '죽일 것인가, 살릴 것

인가, 이것이 문제로다.'

에드워드 　우유부단!

헬렌 　햄릿은 복수를 초월하고 있어요. 셰익스피어는 한발 더 나아가 '포악한 운명을 참고 견뎌내라. 모든 걸 신의 섭리대로 두라'고 하고 있어요. 그래서 〈햄릿〉이 뛰어난 작품이라는 거예요.

에드워드 　대체 뭐가 그리 뛰어나다는 거요? 잘못된 것을 보고도 상관 않는다? 회피, 그건 회피야! 거기엔 낡아빠진 도덕의 절대논리만 있는 거야. '진정한 분노에 찬물을 끼얹지 마라. 그건 맑은 정신의 불꽃이다.'

에드워드 　만약 어떤 못된 놈이 오늘 밤 당신 아버질 살해한다면, 그것도 고의적으로 아주 잔인하게……. 당신은 그를 죽이고 싶지 않겠소?

헬렌   그럴 수도 있겠죠. 하지만 그것은 잘못
          이에요.
에드워드 (심각하게) 잘못이라고? 그 살인자를 죽
          여야 비로소 우리의 삶이 명예롭게 된
          단 말이오.

  사람들은 정의롭지 못한 사태를 미연에 방지
하려면 법이 튼튼해야 한다고 생각한다. 그런데
문제는 법이다. 많은 사람들이 법을 정의와 결부
시키는데, 자연법이든, 신정법이든, 아니면 실정
법이든, 그 무엇이라고 이름 붙이든지 간에, 사
실상 모든 법은 이로 인해 이득을 보는 무리들
의 이익과 직접 또는 간접으로 연결되어 있다.
그러면서 자신의 이익을 영속시키기 위해 그것
을 자연에 따른 것이라거나, 신이 제정한 것이라
고 위압을 가한다. 이러한 이유로 법은 인간에
의해 만들어졌고, 따라서 언제든지 바뀔 수 있

다고 보는, 이른바 비판이론이 불변을 가장하는
법은 하나의 허위의식임을 밝히고자 한다. 올바
르지 못한 법을 고집할 경우에는 혁명을 통한
권리 쟁취도 불사해야 한다는 것이다.

지브란은 《예언자》(함석헌 역)에서도 법에 대
하여 다소간 냉소적으로 쓰고 있다.

"너희는 법을 세우기 좋아하더라.
그러나 법을 깨뜨리기는 더 좋아하더라.
마치 바닷가에서 노는 아이들이 모래 탑을 애써
쌓았다가 웃으면서 헐어버리는 것과도 같더라.
너희가 모래 탑을 쌓는 동안 바다는 더 많은 모래
를 변두리 쪽으로 가져오고 너희가 그것을 허물 때
는 바다 또한 너희와 한 가지로 웃더라. (중략)

그들에 대해 내 무슨 말을 하리요. 그들도 햇빛

속에 서 있건만 해를 등지고 선 것이라는 말밖에.

그들은 다만 제 그림자만을 보고 있다. 그들에게는 그 그림자가 법이다." (후략)

전쟁

　어느 날 밤 궁전에서 잔치가 벌어졌는데, 웬 사람이 들어와서 왕자님 앞에 엎드렸습니다. 모든 잔치꾼들이 그를 바라보았습니다. 그리고 그들은 그 사람의 두 눈 중 하나가 없어졌고, 빈 눈구멍에서 피가 흘러내리는 것을 보았습니다. 왕자님이 그에게 물었습니다. "도대체 무슨 일을 당했느냐?" 그러자 남자가 대답했습니다. "오 왕자님! 저는 직업적인 도둑입니다. 지난 밤 달이 뜨지 않았기 때문에 환전상의 가게를 털려고 나섰습니다. 창문으로 기어들어갔을 때, 저는 그만 실수를 저질렀습니다. 어둠 속에서 옆집 길쌈장이 가게로 잘못 들어가 길쌈장이네 베틀을 들이받아 제 눈이 찔린 것입니다 그러니 이제, 오, 왕자님! 길쌈장이에게 정의를 내려 주시기를 요구합니다."

　그러자 왕자는 길쌈장이에게 사람을 보내 그를 오게 했습니다. 그리고 그의 두 눈 중 하나를 빼내도록 선고를 내렸습니다.

"오, 왕자님!" 길쌈장이는 말했습니다. "선고는 정당합니다. 내 두 눈 중 하나를 빼는 것은 옳습니다. 그렇지만, 슬프게도 내가 깁는 옷의 양쪽을 보기 위해서는 두 눈이 모두 필요합니다. 그러나 이웃집 구두장이도 두 눈을 가지고 있는데, 구두질을 위해서는 두 눈이 필요하지도 않습니다."

그러자 왕자는 구두장이를 불러들였습니다. 그가 들어서자 사람들이 그 구두장이의 두 눈 중 하나를 빼냈습니다. 그리하여 정의가 충족되었습니다. 초10

길

　언덕 사이에 한 여자와 그의 아들이 살았습니다. 그는 맏아들이자 외아들이었습니다. 의사가 지켜보는 가운데 그 소년은 신열로 죽었습니다.

　어머니는 슬픔으로 절망에 빠져 울부짖으며 의사에게 간청했습니다. "말해 봐요. 말해 봐요. 무엇이 그의 살려는 투쟁을 잠잠케 하고, 그의 노래를 침묵하게 했나요?"

　의사가 말했습니다. "그건 신열이었습니다."

　어머니가 말했습니다. "신열이란 게 도대체 뭐예요?"

　의사가 대답했습니다. "나는 그걸 설명할 수 없습니다. 그것은 몸 안에 들어온 아주 작은 것으로서, 인간의 눈으로는 볼 수 없습니다."

　그리고 의사는 그녀를 떠났습니다. 그러자 그녀는 반복해서 스스로에게 되뇌었습니다.

　"아주 작은 것, 우리 인간의 눈을 가지고는 그걸 볼 수 없다지."

그리고 저녁이 되자, 사제가 그녀를 위로하려 왔습니다. 그녀는 울부짖었습니다. "오, 나는 왜 아들을 잃었나요? 나는 내 아들을, 맏아들이자 외아들을 잃었어요."

그러자 사제가 대답했습니다. "자매여, 그것은 하느님의 뜻입니다."

그러자 여인이 말했습니다. "하느님은 무엇이고, 어디 있나요? 나는 하느님을 만나, 그 분 앞에서, 내 가슴을 열어 그분 발 앞에 가슴의 피를 쏟아내고 싶어요. 어디서 하느님을 찾을 수 있는지 말해 주세요."

사제가 말했습니다. "하느님께서는 무한히 광대하십니다. 그분은 우리 인간의 눈으로 볼 수 없습니다."

그러자 여인이 울부짖었습니다. "무한히 작은 것이 무한히 큰 분의 의지를 통해 내 아들을 도륙했군요. 그럼 우리는 뭐지요? 우리는 뭐지요?"

그 순간에 여인의 어머니가 죽은 아이를 위한 수의를 가지고 방으로 들어왔습니다. 그리고 사제의 말과 딸의 울부짖음을 들었습니다. 그녀는 수의를 내려놓고 말했습니다. "내 딸아, 우리 자신이 무한히 작은 것이자 무한히 큰 분이다. 그리고 우리는 둘 사이에 놓인 길이다." 유44

연여생각

  초간시집의 〈전쟁〉도 법과 연관되어 있다. 법은 흔히 양심과 대비되기도 한다. 가령 어린 아이가 큰돈을 가지고 와 액수보다 훨씬 적은 값어치의 물건을 집어 들었을 때, 가게 주인이 모른 척하고 그냥 돌려보냈다고 하자. 아이가 빈손임을 알아챈 어른들이 가게로 몰려와 주인에게 따져 묻고 거스름돈을 제대로 챙길 뿐 아니라, 다시는 거래를 하지 않으려 할 수 있다. 주인이 이를 두려워하여 아이에게 잔돈을 옳게 셈쳐주는 경우와 처음부터 이를 당연하다고 여겨 잔돈을 제대로 돌려주는 경우, 양자 간에는 표면상 아무런 차이도 없다. 그러나 대철학자 임마누엘 칸트는 후자를 일컬어 양심에 따른 행위라고 하여 자신의 묘비에 가슴 속에서 빛나는 양심을 '저 하늘에 빛나는 별'과 함께 귀하게 새겨놓았던 것이다. 그러기에 가령 어느 대통령이 자신이 손본 헌법에 따라 자신을 지지하는 사람들을 모아놓고 투

표케 하여 대통령으로 당선되었다고 할 때, 그는 적법성은 몰라도 정당성은 갖지 못하게 된다.

법이 오히려 죄 또는 죄인을 만든다는 생각은 노자에게서도 역설적으로 발견된다. "대도大道가 폐하고 인仁이니 의義니 하는 것이 나서고, 지략이니 지모니 하는 것이 설치면 엄청난 위선이 만연하게 됩니다. 가족관계가 순조롭지 못하면 효孝니 자慈니 하는 것이 나서고, 나라가 어지러워지면 충신이 생깁니다."(오강남 역)〔大道廢有仁義 慧智出 有大僞 六親不和 有孝慈 國家昏亂 有忠臣〕. 문제는 법 없이도 살 사람들이 현실적으로 크게 손해보고 고통받고 있다는 데 있지 않을까? 그처럼 고통 받을 때 유고시집의 〈길〉이라는 시가 위안이 될지 모른다. 이는 우리가 무한히 작은 것이자 무한히 큰 분, 둘 사이에 놓인 길이라는 것이다. 우리로서는 묵묵히 그 길을 걷는 수밖에 없는 것이 아닐까?

| 9 |

주고받음에 대하여

옛날에 골짜기를 가득 메울 만큼 많은 바늘을 가진 사람이 살고 있었습니다.

어느 날 예수의 모친이 그에게로 와서 말했습니다. "친구여, 내 아들의 외투가 찢어졌으니 꿰매줘야 그가 성전에 갈 수 있겠네요. 내게 바늘 하나를 좀 줄 수 있겠나요?"

그는 성모에게 바늘을 주는 대신, 예수가 성전에 가기 전에 들려주라고 '주고받음'에 관한 박학한 설교를 늘어놓았습니다. 초8

은둔 예언자

옛날에 한 은둔 예언자가 살았습니다. 그는 한 달에 세 번 큰 도시로 내려가서 장터에서 사람들에게 주고받음에 대해 가르치곤 했습니다. 그는 말솜씨가 뛰어나 명성이 곧 온 나라에 퍼졌습니다. 어느 날 저녁 세 남자가 그의 은둔처를 찾아왔고, 예언자는 그들을 반갑게 맞아들였습니다. 그 사람들이 말했습니다.

"선생은 주고 나눔에 대해 가르쳐왔소. 선생은 가진 것이 없는 사람들에게 나누어주어야 한다고 많이 가진 사람들을 가르치려 했소. 우리는 선생이 명성으로 인해 부유해졌으리라고 믿고 있소. 자, 이제 우리에게 선생의 부를 나누어주시오. 우리는 그게 필요하오."

그러자 은둔자가 말했습니다. "내 친구여, 내가 가진 것이라고는 이 침상과 이 침구와 이 물항아리뿐이라오. 원한다면 가져가시오. 나는 금도 은도 없소이다."

그러자 그들은 경멸하는 눈빛으로 그를 내려다보았습니다. 그리고 그로부터 얼굴을 돌렸습니다. 마지막 남자가 잠시 문 앞에 서서 말했습니다.

"오, 너는 거짓말쟁이야. 제 자신은 행하지 않는 것을 남에게 가르치다니……." 유33

연여생각

기독교 성경에 '행함 없는 믿음은 죽은 믿음'이라는 대목이 있다. 조금 길게 느껴지지만, 인용하면 다음과 같다.

"나의 형제 여러분, 어떤 사람이 믿음이 있다고 말하면서 그것을 행동으로 나타내지 못한다면 무슨 소용이 있습니까? 그런 믿음이 그 사람을 구원할 수 있겠습니까? 어떤 형제나 자매가 헐벗고 그 날 먹을 양식조차 떨어졌는데 여러분 가운데 누가 그들의 몸에 필요한 것은 아무것도 주지 않으면서 '평안히 가서 몸을 따듯하게 녹이고 배부르게 먹어라.' 하고 말만 한다면 무슨 소용이 있겠습니까? 믿음도 이와 같습니다. 믿음에 행동이 따르지 않으면 그런 믿음은 죽은 것입니다." (야고보서 2:14~17)

같은 뜻을 지닌 다른 말씀도 있다. 요한1서의 구절이다.

"사랑하는 형제들이여! 우리는 말로나 혀끝으로 하지 말고 행동으로 진실하게 사랑합시다." (요한1서 3:18)

야고보는 예수의 동생으로 알려진 인물인데, 그가 해외에 거주하는 유대인들, 즉 디아스포라를 위해 쓴 편지 중 일부를 묶은 것이 야고보서이다. 요한1서는 요한복음의 기자가 속한 집단에서 나왔다는 것이 정설이다. 종교개혁을 일으킨 마르틴 루터가 베드로성당 건축을 빙자하여 성경에도 없는 '연옥에서의 해방'을 약속하면서 면죄부를 판매한 당시 교회를 비난할 때, 교회의 행동이 야고보서의 이 구절에 근거했다 하여 야고보서를 아기 예수가 뉘인 말구유에 깔린 지푸라기로 비하했다던가?

그런가 하면 불교경전 《법구경》은 "사랑스럽고 색깔이 아름다울지라도 향기가 없는 꽃처럼 실천이 따르지 않는 훌륭한 말은 효과가 없다.”
고 가르친다.

초간시집과 유고시집에 실린 두 시들도 아마
비슷한 생각을 담고 있는 듯 싶다. 그러나 전자
는 마리아에게 바늘 한 개조차 내놓지 않는 인
색한 사람을, 후자는 은둔자에게서 부를 기대
한 세 남자를 겨냥하고 있다. 그렇다고 시인이
말만 늘어놓는다고 예수를 비아냥거리기 위해
이 시들을 쓰지는 않았을 것이다. 자신의 목숨
을 내어놓는 것보다 더 분명한 행동이 어디 있
겠는지를 시인 스스로가 너무나 잘 알고 있었
을 것이기 때문이다. 유고시집의 〈은둔자와 야
수들〉도 읽기 나름으로 비슷한 의미를 지닌 것
으로 보인다.

은둔자와 야수들

옛날에 푸른 언덕 사이에 은둔자 하나가 살았습니다. 그의 영혼은 순수하고, 가슴은 맑았습니다. 땅의 모든 짐승들과 공중 나는 새들이 짝을 지어 자신에게 오자, 그는 모두에게 이야기했습니다. 모두 그의 말을 기쁘게 들었고. 그 주위로 가까이 와서 밤늦도록 돌아가려 하지 않았습니다. 그가 모두를 축복하면서 바람과 숲에게 부탁했습니다.

어느 날 저녁 그가 사랑에 대해 이야기하고 있을 때, 표범 하나가 머리를 들고 은둔자에게 말했습니다. "당신은 우리에게 사랑에 대해 말씀하십니다. 선생님! 선생님의 짝은 어디에 계시나요?"

은둔자가 말했습니다. "나는 짝이 없다네……."

그러자 들짐승과 날짐승의 무리 속에서 대단히 놀라는 외침이 일어났습니다. 그리고 서로에게 말했습니다. "사랑에 대해 아무것도 모르면서 어떻게 그가 사랑과 짝짓기에 대해 말할 수 있단 말인가?" 그리고 모두 은둔자를 경멸하며 내버려둔 채 조용히 떠났습니다.

그날 밤 은둔자는 얼굴을 땅으로 향한 채 자리 위에 엎드렸습니다. 그리고 두 손으로 가슴을 치면서 슬프게 울었습니다. 유9

일곱 자아들

한밤중 가장 고독한 시간에 내가 반쯤 잠들자, 내 일곱 자아들이 모여 앉아 수군거렸습니다.

첫째 자아 : 나는 여기 이 미친놈 안에 갇혀 낮에는 고통을, 밤에는 슬픔을 되새기는 일에만 매달리며 이 긴 세월을 지내왔네. 나는 내 운명을 더 이상 참을 수 없네. 나는 반란을 일으키겠네.

둘째 자아 : 네 운명은 내 것에 비하면 훨씬 낫다. 형제여! 나는 이 미친놈의 즐거운 자아 노릇을 해야 한다네. 나는 웃고, 행복한 시간들을 노래하며, 세 개의 날개 달린 발로 더욱 많은 생각들과 춤춰야 하네. 나는 내 지친 실존에 대항하여 반란을 일으키려 한다네.

셋째 자아 : 나는 어떡하고? 사랑에 짓눌리는

자아. 거친 격정과 환상적인 욕망들의 타오르는 낙인이지. 사랑에 병든 나야말로 미친놈에게 반란을 일으켜야 해.

넷째 자아 : 너희들 모두 가운데 내가 가장 비참하다. 내게는 욕지기나는 증오와 파괴적인 혐오 외에는 아무것도 없어. 폭풍 같은 자아. 지옥의 검은 동굴 속에서 태어난 나야말로 이 미친놈을 섬기는 일에 저항해야 해.

다섯째 자아 : 아니. 그건 바로 생각하는 자아, 공상적인 자아, 굶주림과 목마름의 자아인 나야. 알지 못하는 것들과 아직 창조되지 않은 것들을 찾아 쉼 없이 떠돌도록 되어 있지. 나야말로 반란을 일으켜야 해, 너희들이 아니고.

여섯째 자아 : 그러면 나는? 일하는 자아, 불

쌍한 일꾼, 참을성 있게 두 손으로, 동경의 눈초리로 여러 나날들의 모습을 빚어주고, 형식 없는 재료들에게 영원한 형식들을 새롭게 부여하지. 이 쉴 줄 모르는 미친놈에 대항하여 반란을 일으켜야 할 사람은 바로 고독한 나야.

일곱째 자아 : 너희들 모두가 이 사람에게 대항하여 반란을 일으키겠다는 것은 너무나도 이상하구나. 너희들 각자에게는 채워야 할 운명이 미리 정해져 있어. 아, 나도 너희들처럼 많은 것이 정해져 있는 자아가 될 수 있었으면! 난 아무것도 없어. 너희들이 바쁘게 삶을 재생하는 동안, 나는 아무것도 없는 자아야. 나는 벙어리 된 채 텅 빈 공간과 시간 안에 쭈그리고 있지. 반란을 일으켜야 할 자가 너희들이니, 아니면 나니? 이 이웃들아!

일곱째 자아가 이렇게 말할 때 다른 여섯 자아들은 그를 불쌍하게 바라볼 뿐, 더 이상 아무 말도 하지 못했습니다. 밤이 점점 깊어가고 하나둘씩 새롭고 행복한 투항으로 감싸인 잠에 빠져들어 갔습니다.

그러나 일곱째 자아는 모든 것들 뒤에 있는 '없음'을 지켜보면서 뜬 눈으로 온밤을 지새웠습니다. 초9

얼굴들

나는 천 가지 표정을 짓는 얼굴을 보았습니다, 또한 틀에 박힌 듯 단 하나의 표정을 지닌 얼굴을.

나는 그 밑에 깔린 추함을 꿰뚫어 보게 하는 얼굴의 광택을 보았습니다, 또한 얼마나 아름다운지 보기 위해 들어 올려야 할 얼굴의 광택을.

나는 아무것도 걸치지 않은 나이 들고 주름진 얼굴을 보았습니다, 또한 모든 사물들이 아로새겨진 부드러운 얼굴을.

나는 얼굴들을 압니다, 내 자신의 눈이 만들어낸 베일을 통해 보기 때문에, 그리고 그 밑에 있는 실재를 보기 때문에. 초25

연여생각

지브란은 초간시집을 여는 시를 "미친놈이 자다 깨어보니 누군가가 일곱 가면들을 훔쳐갔다."는 대목으로 시작한다. 이번에는 아예 이를 제목으로 달고 있다. 다만 가면들이 자아들로 바뀌었을 뿐이다. 이 자아들은 서로 우위를 차지하기 위해 끊임없이 싸운다. 낮에는 고통을, 밤에는 슬픔을 되새기는 감정으로 가득 차 있는 부정적 자아, 즐거운 자아, 열정적 자아, 증오와 혐오에 갇혀 있는 폭풍 같은 자아, 생각하는 자아, 불쌍하게 수고하는 자아, 그리고 이 모두를 침묵케 하는 '없음' 자체인 자아.

하필이면 '일곱'일까? 오스카 와일드의 《살로메》에 보면 살로메가 헤롯왕 앞에서 일곱 베일의 춤을 추어 그를 매혹시키고 나서 상으로 세례 요한의 목을 쟁반에 받쳐 갖다 달라고 하는 장면이 나오는데, 많은 공연에서 이를 마치 스트립쇼처럼 보여준다. 혹시 이와 무슨 연관이 있을까? 아니면, 시인이 혹시 사단칠정, 즉 맹자가 말한 인·의·예·지의 실마리가 되는 측은하게 여기는 마음〔측은지심惻隱之心〕, 나쁜 것을 멀리 하려는 마음〔수오지심羞惡之心〕, 남을 배려하여 사양하는 마음〔사양지심辭讓之心〕, 옳고 그름을 판단할 줄 아는 마음〔시비지심是非之心〕과 예기禮記에 나오는 칠정, 즉 기쁨〔희喜〕 노여움〔로怒〕 슬픔〔애哀〕·두려움〔구懼〕·사랑〔애愛〕·싫어함〔오惡〕·바람〔욕欲〕 등 사람이 지닌 일곱 가지 감정을 알고 있었을까? 알 수 없는 노릇이다. 그러나 숫자가 무슨 문제가 되랴?

같은 초간시집에 실린 〈얼굴들〉처럼 그것은 천일 수도, 그 이상일 수도 있다. 문제는 그 밑에 깔려 있는 실재이다. "나는 얼굴들을 압니다, 내 자신의 눈이 만들어낸 베일들을 통해 보기 때문에, 그리고 그 밑에 있는 실재를 보기 때문에."

그것은 다시금 초간시집의 〈일곱 자아들〉의

‘없음’이기도 하다. 그 경지에 이르면 노자의《도덕경》(제2장)이 말하는 성인[자유인]이 아닐까?

“따라서 성인[자유인]은 무위無爲로써 일을 처리하고, 말로 하지 않는 가르침을 수행합니다. 모든 일 생겨나도 마다하지 않고, 보는 것을 이루나 거기에 기대려 하지 않고, 공을 쌓으나 그 공을 주장하지 않습니다. 공을 주장하지 않기에 이룬 일이 허사로 돌아가지 않습니다.”(오강남 역) 〔是以聖人處無爲之事, 行不言之敎. 萬物作焉而不辭, 生而不有　爲而不恃. 功成而弗居, 夫唯弗居, 是以不去〕

11

축복받은 도시

어렸을 때 나는 어떤 도시에서는 모든 사람들이 성경 말씀에 따라 산다고 들었습니다.

그래서 말했습니다. "그 도시와 그곳의 축복받은 사람들을 찾아 나서야겠다." 그 길은 멀었습니다. 여행을 위해 많은 준비를 했습니다. 그리고 40일 후에 그 도시를 보게 되었고, 41일째 되던 날 그 안으로 들어갔습니다.

놀라워라! 거기 사는 사람들 모두가 외눈잡이에, 외손잡이였습니다! 나는 놀라서 내 자신에게 물었습니다. "그토록 거룩한 이 도시에 사는 사람들이 모두 눈과 손이 하나뿐이라니?"

그리고 그들 또한 나를 보고 놀랐습니다. 내 두 눈과 두 손을 보고 기이하게 여겼기 때문입니다. 그들이 서로 수군댈 때, 나는 물었습니다. "이 곳이 정말 축복받은 도시입니까, 모든 사람이 성경 말씀대로 산다는?"

그들이 대답했습니다. "그래요. 이곳이 바로

그 도시입니다."

내가 재차 물었습니다. "그렇다면 당신들한테 무슨 일이 벌어졌습니까? 당신들 오른눈과 오른팔은 다 어디 갔습니까?"

그러자 모든 사람이 술렁거렸습니다. 그리고 말했습니다. "이리 와 보십시오."

그들은 나를 데리고 도심 안 성전으로 들어갔습니다. 성전 안에서 나는 눈과 손의 산더미를 보았습니다. 모두 말라비틀어졌습니다. 그러자 내가 말했습니다. "불쌍해라! 어떤 정복자가 이런 처참한 짓을 여러분에게 저질렀습니까?"

그러자 사람들 사이에서 웅얼대는 소리가 들렸습니다. 그리고는 장로들 가운데 하나가 일어서 나오면서 말했습니다. "이 일은 우리 스스로가 행한 것입니다. 하느님은 우리를 우리 안에 도사리고 있던 죄악의 정복자로 만드셨습니다."

그리고 그는 나를 높은 제단 위로 인도했고,

모든 사람들이 뒤따랐습니다. 그리고 그는 내게 제단 위에 새겨진 성경구절을 보여주었습니다. 나는 읽었습니다.

"오른눈이 죄를 짓게 하거든, 그 눈을 빼어 던져버려라. 몸의 한 부분을 잃는 것이 온몸이 지옥에 던져지는 것보다 낫다. 또 오른손이 죄를 짓게 하거든 그 손을 찍어 던져 버려라. 몸의 한 부분을 잃는 것이 온몸이 지옥에 던져지는 것보다 낫다."

그제야 나는 깨달았습니다. 그리고 모든 사람들에게 몸을 돌려 부르짖었습니다. "여러분 가운데 어떤 남자도, 여자도 두 눈과 두 손을 가진 분이 없습니까?"

그들은 내게 대답했습니다. "없습니다. 단 한 사람도 없습니다. 너무 어려서 성경을 읽고 그 계명을 이해하지 못하는 아이들을 빼놓고는 우리 가운데 아무도 없습니다."

　우리가 성전 밖으로 나왔을 때, 나는 그 길로 축복받은 도시를 떠났습니다. 나는 너무 어리지도 않았고, 그 성경구절을 읽을 수 있었기 때문입니다. 초21

십자가에 못 박힘

　나는 사람들에게 외쳤습니다. "나도 십자가에 못 박힐 것이다."

　그러자 그들이 말했습니다. "왜 네 피로 우리 머리를 적셔야 하는가?"

　내가 대답했습니다. "미친놈을 십자가에 못 박는 일 외에 그대들이 기뻐할 일이 또 있겠는가?"

　그러자 그들은 마음 깊이 공감하고 나를 십자가에 못 박았습니다. 십자가 처형은 나를 위로하였습니다.

　그리고 내가 하늘과 땅 사이에 매달렸을 때, 사람들은 나를 보려고 머리를 들었습니다. 그리고 그들은 무척 기뻐했습니다. 왜냐하면 이제껏 한 번도 머리를 쳐든 적이 없었기 때문입니다.

　그러나 그들이 나를 쳐다보고 있었을 때, 한 사람이 외쳤습니다. "너는 뭘로 보상받으려 하느냐?"

그리고 다른 사람이 외쳤습니다. "무슨 이유로 너는 너 자신을 희생하느냐?"

그리곤 셋째 사람이 말했습니다. "너는 이 대가로 세상 영광을 살 생각이냐?"

그리고 넷째 사람이 말했습니다. "보라, 그가 어떻게 미소 짓는지를! 저런 고통이 용서받을 수 있다는 것이냐?"

이에 나는 그들 모두에게 대답했습니다. "내 미소만을 기억하라. 나는 보상받거나, 희생하거나, 영광을 원하는 것이 아니다. 나는 용서할 아무것도 가지고 있지 않다. 나는 목이 말랐고 — 그대들에게 내가 마실 내 피를 달라고 간청했다. 자신의 피 외에 미친놈의 갈증을 달래줄 그 무엇이 있겠는가? 나는 벙어리가 되었고 — 입 대신에 그대들의 상처를 요청했다. 나는 그대들의 낮과 밤들 속에 갇혔지만, 더 넓은 낮과 밤들로 들어갈 문을 찾고 있다.

그리고 이제 나는 간다 - 이미 십자가에 못 박힌 다른 이들처럼. 그렇다고 우리가 십자가 처형으로 지쳐 있다고 생각하지 말라. 더 큰 하늘들과 더 큰 땅들 사이에서 더 많은 사람들이 우리를 십자가에 못 박아야 하기 때문이다. 초27

연여생각

초간시집의 두 시 모두 예수와 그의 가르침을 연상케 한다. 지브란은 시리아에서 태동한 기독교 마론파派의 가계에서 태어났다. 그리고 외할아버지가 사제였을 정도로 독실한 교인 가정에서 자랐다. 전설에 따르면, 이 마론파는 요한 크리소스토모의 친구인 마론이 은둔 생활로 생애를 마치자, 제자들이 그를 기념하여 세운 수도원을 기원으로 한다. 우리나라에서도 상영되어 화제가 된 영화 〈그을린 사랑〉은 바로 레바논 내란을 배경으로 팔레스타인 난민 청년과 남부 마론파 기독교인 아가씨의 금지된 사랑으로부터 출발한다. 18세기 이후 이 교파는 동방 가톨릭 교회에 속하지만, 자치권을 가진 독립교회로 인정받고 있으며, 시리아어로 된 독자적인 예전을 묵수한다.

이런 배경 때문에 지브란이 이슬람 신비주의(수피)에 비추어 그리스도교를 재조명했다는 해

석도 있다. 그는 스스로 "내 가슴의 반쪽에는
예수를, 다른 반쪽에는 마호메트를 품고 있다."
고 술회한 적도 있다. 1910년 6월, 지브란은 아랍
인 가운데 최초로 영어 시와 소설을 쓴 아랍인
아민 리하니와 자신의 고향 친구이자 조각가인
유수프 사달라 후와익과 함께 런던을 여행하면
서, 반은 교회이자 반은 모스크인 오페라 하우
스의 밑그림을 그렸다. 이 건물은 비록 실현되지
는 못 했지만 상징적이다. 지브란에게 더욱이 예
수는 모든 시대에 걸쳐 가장 위대한 인물로서,
"예수의 인격은 나의 작품이 쉴 수 있는 위대한
자리이며, 우리는 예수 안에서 항상 신비, 열정,
사랑, 상상력, 비극, 아름다움, 낭만, 진실 같은
것들을 볼 수 있다."라고 했다. 그는 드디어 1928
년 10월, 그의 《사람의 아들, 예수》를 출판한다.
책의 제목인 이 호칭은, 세 복음서에 따르면, 예
수가 자신 스스로를 69번이나 가리킨 말이다.

그런데 여기 실린 두 시 모두에서 다소간 패러디의 느낌이 베어난다. 첫째 시는 예수의 극단적인 발언을 연상케 한다.

"'간음하지 말라'고 하신 말씀을 너희는 들었다. 그러나 나는 너희에게 이렇게 말한다. 누구든지 여자를 보고 음란한 생각을 품는 사람은 벌써 마음으로 그 여자를 범했다. 오른눈이 죄를 짓게 하거든, 그 눈을 빼어 던져버려라. 몸의 한 부분을 잃는 것이 온몸이 지옥에 던져지는 것보다 낫다. 또 오른손이 죄를 짓게 하거든 그 손을 찍어 던져 버려라. 몸의 한 부분을 잃는 것이 온몸이 지옥에 던져지는 것보다 낫다." (마태 5:27~30)

그러나 시인은 "나는 너무 어리지도 않았고. 그 성경구절을 읽을 수 있었기 때문"에 그 '축복받은 도시'를 떠났다고 씀으로써 소위 축자영감주의자逐字靈感主義者(성경을 문자적으로 읽는 사람들)를 비판하고 있다. 그러나 우리 주변에는 아직도 얼마나 많은 사람들이 그러한 믿음을 옳다고 주장하고 있는가? 축자영감주의에 갇혀 있는 한, 그 상태는 여기에 묘사된 '축복받은 도시'의 모습에서 크게 달라지지 않을 것이다. 이 극단적인 발언을 이해하기 위해서는 예수의 여성 인권존중이나 마태복음이 기록될 당시의 문장 기법, 예컨대 대립명제의 설정도 알아두어야 할 것 같다. (박태식,《나자렛 예수》참조).

둘째 시 〈십자가에 못 박힘〉에서 '나'는 스스로를 '미친놈'이라 했는데, 이는 이미 앞에서 살핀 대로 일상적 자아를 벗어나 본래적 자아를 추구하는 존재이다. 그런데 그가 갈증을 느끼면서 자신의 피를 요구한다. 십자가에 달린 예수가 목마르다 할 때, 사람들이 신 포도주를 해면에 담뿍 적셔 풀대에 꿰어 예수의 입에 대어주자 이를 맛보았다는 기록(요한 19:29~30)과 묘한 대조를 이룬다. 어쩌면 예수가 제자들과의 최후의 만찬에서 포도주 잔을 나누며 '너희를 위해 흘리는 내 피'라고 말한 것을 염두에 두고 읽어야 할 구절인지 모르겠다.

이 시는 단순히 대속代贖을 문자 그대로 설교하기보다는 오히려 비본래적 자아를 마치 우화羽化하는 곤충처럼 완전히 말려버림으로써 다시 태어나고 싶다는 희망을 뜻할지도 모른다. 이러한 고통은 결코 누구를 용서하거나 다른 보상을 원해서가 아니다. 그렇다면 그는 혹시 한낱 자학을 즐기는 사디스트가 아닌가? 그럴지도 모른다. 그러나 시인은 사람들이 자신의 모습을 분명히 보려고 비로소 머리를 들었다고 함으로써 그의 죽음이 다른 사람들에게도 비본래적 상태로부터 벗어나 더 큰 하늘과 더 큰 땅을 바라볼 수 있게 한다고 암시하고 있다. 그런데 그는 왜 자신의 미소만 기억하라고 했을까? 《사람의 아들, 예수》의 다음과 같은 구절과 연관이 있는 것은 아닐까?

"예수의 웃음과 즐거운 모습을 잘 알고 있는 그의 친구들과 제자들마저도 오직 그의 슬픔만을 기억하며 섬기고 있습니다."

그래서 기독교인들이 성체聖體를 받으러 나갈 때나 받고 돌아올 때나 슬픈 표정을 짓고, 성가대는 장송곡 같은 노래만을 부르곤 하는 것일까?

초간시집에 있는 시각장애와 연관된 〈점성술사〉도 예수가 안식일에 날 때부터 소경인 자를 고쳐준 성경 기록을 연상시킨다. 이는 요한복음 9장 전체에 걸친 긴 이야기로서, 짧지 않은 이야

기인 것만큼 이에 대한 풀이도 다양하다. 지브
란 시인은 이 긴 이야기를 자신 나름대로 줄여
표현한 것 같다. 초간시집에 등장하는 '점성술사'
도 날 때부터 눈이 멀었지만, 그는 누구의 도움
을 기대하지 않고 스스로 자연의 운행을 살피는
지혜를 터득했다는 것이다. 〈점성술사〉의 전문
은 이러하다.

점성술사

성전 그늘 속에서 내 친구와 나는 통로에 앉
아 있는 눈먼 남자를 보았습니다. 그러자 내 친
구가 말했습니다. "이 나라에서 제일 현명한 남
자를 보라."

그래서 나는 내 친구를 떠나 그 눈먼 남자에
게 다가가 인사했습니다. 그리고 이야기를 나눴

습니다.

잠시 후 내가 말했습니다. "내 질문을 용서하십시오. 그대는 언제부터 눈이 멀었습니까?"

"태어날 때부터이외다." 그가 대답했습니다.

내가 다시 물었습니다. "어떤 지혜의 길을 밟아 오셨나요?"

그가 말했습니다. "나는 점성술사이외다."

그리고는 그가 자신의 손을 가슴에 얹고 말했습니다. "나는 이 모든 해들과 달들과 별들을 지켜본다오." 초28

성경의 예수는 소경으로 태어난 이가 '자기 탓도 아니고 부모의 죄 탓도 아니요, 다만 저 사람에게서 하느님의 놀라운 일을 드러내기 위한 것이다.'라고 답하였다. 지브란의 '태어날 때부터 눈먼 이'는 점성술사로 자신의 가슴 안에서 모든 해들과 달들과 별들을 지켜본다. 그리

고 이 나라에서 제일 현명한 남자로 추앙 받는
다. 그런데 예수가 날 때부터 눈먼 이를 고쳐준
날이 바로 안식일이다. 사람들은 그가 눈먼 이
를 고쳐준 행위보다 그 행위가 이루어진 날짜
를 트집잡아 안식일을 범했다고 그를 고발한다.
그러나 분명한 것은 "안식일이 사람을 위하여
있는 것이지, 사람이 안식일을 위하여 있는 것
은 아니다."(마태 12:1~8, 마가 2:27, 누가 6:1~5)라
는 메시지이다.

눈을 떴다면서도 그 진리를 깨닫지 못하는
사람들보다는 눈을 감고서도 '해와 달과 별'을
볼 줄 아는 사람이 더 현명하다는 뜻은 아닐까?
'인간의 인간됨'을 존중하는 것과 '자연의 순리'
를 깨닫는 것 사이에 과연 어떤 차이가 있을까?
스스로 정통임을 자랑하는 사람들만이 그 해답
을 모를 것 같다. 들을 귀 있는 자여, 들으라!

12

여우

해가 떠오를 즈음 여우가 제 그림자를 보고 말했습니다. "오늘 점심에는 낙타를 맛보겠구나." 그러면서 아침나절 내내 밖으로 쏘다니며 낙타를 찾았습니다. 정오가 되자, 여우는 다시 한 번 제 그림자를 보고 말했습니다. "제기랄. 쥐새끼라도 좋다." 초11

장터에서

무척이나 아름다운 시골아가씨가 장터로 갔습니다. 그녀의 얼굴에는 백합과 장미가 피어났습니다. 그녀의 머리칼에는 노을이 깃들고, 그녀의 두 입술에는 새벽이 미소 지었습니다.

이 사랑스러운 이방인이 눈에 띄자마자, 젊은이들은 이내 그녀를 찾아와 둘러쌌습니다. 누구는 그녀와 춤추려 했고, 다른 누구는 그녀를 축하하고자 케이크를 자르려고 했습니다. 그리고 모두들 그녀의 뺨에 입 맞추려 했습니다. 그렇지 않았다면 그건 장터가 아니지요.

그러나 그녀는 충격을 받고 놀랐습니다. 그리고 젊은이들을 나쁘게 생각했습니다. 그녀는 젊은이들을 비난했고, 심지어 그들 중 한둘의 얼굴을 때리기도 했습니다. 그리고는 그들에게서 도망쳤습니다. 그날 저녁 집으로 돌아오는 길에 그녀는 마음속으로 말했습니다. "지긋지긋해. 이 젊은 놈들은 한결같이 버릇없고 예절이 없어.

도저히 참을 수가 없어."

그 아리따운 처녀는 한 해 동안 줄곧 장터와 남자들에 대해 곰곰이 생각했습니다. 그리고는 얼굴에 백합과 장미를 꽃피우고 다시 한 번 장터를 찾았습니다. 그녀의 머리칼에는 노을이 깃들고, 그녀의 두 입술에는 새벽의 미소가 머물렀습니다. 그러나 이제 젊은이들은 그녀를 보자마자 돌아섰습니다. 하루 종일 그녀는 아무도 찾지 않은 채 혼자였습니다.

저물 무렵 집을 향해 발길을 옮길 때, 그녀는 마음속으로 부르짖었습니다. "지긋지긋해. 이 젊은 놈들은 한결같이 버릇없고 예절이 없어. 도저히 참을 수가 없어." 유6

연여생각

　우화들은 문자의 의미를 벗어나 숨어 있는 의미를 이끌어낸다. 초간시집의 여우는 마치 이솝우화의 여우를 연상케 한다. 높은 가지 위에 매달린 먹음직한 포도를 따려고 애쓰다가 실패하자 "저 포도는 틀림없이 아주 실 거야." 했다는 이야기 말이다. 초간시집의 〈여우〉는 좋은 것을 기대했다가 이루지 못하면 대개는 자신의 희망을 낮추거나 아예 대상을 원망한다는 맥락에서 이야기 속 여우와 비슷하다.

　독일 철학자 에른스트 블로흐는 인간을 꿈꾸는 존재로 규정한다. 그러면서 가능하면 아주 낯설어 보이고 멀어 보이는 낮꿈을 권장한다. 현실의 연장선상에 있으면서 실현 가능한 밤꿈은 꿈도 아니라는 것이다. 물론 낮꿈도 궁극적으로는 실현될 수 있어야 하지만, 너무 쉽게 이루어지는 꿈은 도리어 이내 실망과 권태를 가져다준다는 뜻일 게다. 누구나 꿈을 가지고 있다. 그렇지만 자신의 처지를 살피지 못하면 실패와 원망만을 맛보게 되지나 않을까?

비슷한 맥락으로 읽히는 유고시집의 '시골아가씨'는 중국의 고대사상가 장주를 떠올리게 한다. 그 역시 비슷한 이야기를 남기고 있기 때문이다. 그가 쓴 책에 경국지색傾國之色, 곧 왕소군, 초선, 그리고 양귀비와 함께 군주가 미혹되어 나라를 기울게 할 만큼 아름다운 네 명의 여인들 중 하나로 손꼽히는 서시西施에 관한 일화가 적혀있다. 서시가 어느 날 언짢은 일이 있어 이마에 주름이 잡히도록 얼굴을 찌푸리고 마을을 지나가니 그 나름대로 독특한 아름다움에 사람들이 경탄해 마지않았단다. 이를 보고 그 마을에서 제일 못난 여자가 얼굴을 찌푸리면 아름답게 보이리라고 생각하고 서시를 따라 하니 동네 사람들이 황급히 집으로 들어가 대문을 걸어 잠그고 밖으로 나오지 않았다던가? 요즘 세상에 이런 말을 했다가는 "그렇지 않아도 여성의 상품화가 극성인데 무슨 잠꼬대 같은 소리냐?"고 대자보大字報에 대서특필되든지 SNS가 떠들썩하겠지만, 장자는 그저 누구나 자연의 순리에 따라 자신의 주제를 제대로 파악해야 한다는 뜻으로 써 놓았을 뿐일 것이다.

대중매체의 발달과 함께 그 안에서 올드미디어와 뉴미디어를 차별하고 후자를 내세우면서 세계의 정황을 실시간으로 전하는 데 급급한 것이 오늘의 세태이다. 그래서 그것을 통해 퍼져가는 이른바 각종 유행에 조금이라도 뒤처지면 무슨 난리가 난 듯 법석을 떤다. 칸트조차도 절해고도에 살면서 다시는 다른 사람을 만날 수 없다면, 아무리 훌륭한 건물을 손 하나 깜짝 않고도 만들어낼 마술이 있다 한들, 나는 절대로 그 마술을 부리지 않을 것이라 하지 않았던가? 사람은 그토록 남의 시선을 의식하는 존재이다.

그러나 유행따라 살지 않겠다는 의지 속에 제
분수에 맞게 본래의 모습을 드러내는 것이 또한
사람이 아닐까?

13

지혜로운 왕

옛날에 위라나라는 먼 도시에 왕이 살았는데, 힘도 세고 지혜로웠습니다. 백성들은 그의 힘은 두려워했지만, 그의 지혜는 사랑했습니다.

그 도시 한복판에 샘이 있었는데, 그 물은 차고 수정 같아 모든 주민들은 물론 왕과 신하도 이 물을 마셨습니다. 다른 샘물은 없었기 때문입니다.

어느 날 밤 모두가 잠들었을 때, 마녀가 도시로 숨어들어 그 샘물 속에 이상한 약 일곱 방울을 흘렸습니다. 그리고 말했습니다. "이 시간부터 이 물을 마시는 자는 미치게 될 것이다."

다음날 아침 모든 주민들이 이 샘물을 마시자, 왕과 그의 총리대신을 제외하고는 모두 미쳐버렸습니다. 마녀가 예언한 그대로였습니다.

그날 온종일 사람들은 좁은 골목길에서나 시장바닥에서나 서로에게 속삭였습니다. "왕은 미쳤다. 우리 왕과 총리대신은 제정신이 아니다. 우

리가 미친 왕의 통치를 받을 수 없다는 건 너무
나 당연해. 그를 몰아내야 해.”

그날 저녁, 임금은 황금 잔에 그 샘물을 가득
채우라고 명령했습니다. 그리고 잔을 가져오자,
한입 가득 부어 마시고는 총리대신에게도 마시
게 했습니다.

그러자 그 먼 도시 위라니에서는 커다란 환호
성이 울려 퍼졌습니다. 왜냐하면 왕과 총리대신
이 정신을 되찾았기 때문입니다. 초12

왕

　사디크 왕국의 백성들이 왕을 반대하는 반란을 일으켜 왕성을 에워싸고 소리쳤습니다. 그러자 왕은 한 손에는 왕관을, 다른 한 손에는 홀을 쥔 채, 궁전 계단들을 딛고 내려왔습니다. 그의 위엄에 찬 모습에 군중은 잠잠해졌습니다. 그러자 그는 사람들 앞에 우뚝 서서 말했습니다. "내 친구들이여! 그대들은 더 이상 내 신하가 아니노라. 여기 내 왕관과 홀을 그대들에게 바치노라. 나는 그대들 중 하나가 되려고 하노라. 나는 필부에 지나지 않으며, 기꺼이 그대들과 함께 일해 우리 몫을 더욱 많게 하겠노라. 왕이란 필요 없다. 그러므로 들판으로, 포도밭으로 가서 함께 손에 손 잡고 일하자. 오로지 그대들은 내게 어느 들판으로, 어느 포도밭으로 가야 할지를 일러다오. 이제 그대들 모두가 왕이로다."

　그러자 사람들은 놀라고, 그 위로 정적이 감돌았습니다. 그들이 불만의 근원으로 간주했던 왕이 이제 자신의 왕관과 홀을 내어주고 그들 중 하나가 되었기 때문입니다. 그러자 사람들은 제각기 흩어져 제 갈 길로 갔고, 왕은 남은 한 사람과 함께 들판으로 나섰습니다.

그러나 사디크 왕국은 왕이 없어져도 형편이 나아지지 않았고, 불만의 안개가 여전히 온 나라를 뒤덮었습니다. 백성들은 장터에서 통치를 원한다고, 그들을 다스릴 왕이 필요하다고 외쳐 댔습니다. 그리하여 늙은이들이나 젊은이들이나 한 목소리로 말했습니다. "우리의 왕을 모시리라."

백성들은 드디어 들판에서 땀흘리는 왕을 찾아냈습니다. 백성들은 그를 다시 옥좌로 모셨습니다. 그리고 말했습니다. "이제 우리를 힘과 정의로 다스려 주십시오."

그러자 왕이 말했습니다. "나는 그대들을 진정 힘으로 다스리겠고, 하늘과 땅의 신들이 정의로 다스리도록 나를 도울 것이니라.”

이때 한 무리의 남녀들이 앞으로 나와 자신들을 노예처럼 부리며 못살게 구는 남작을 고발했습니다. 그러자 왕은 곧바로 그 남작을 불러들여 말했습니다. “하느님의 척도로 보면 한 사람의 생명은 다른 사람의 생명만큼 귀중하다. 그대는 그대의 들판과 포도밭에서 일하는 사람들의 삶을 귀중히 여겨야 할지를 어찌 알지 못하느뇨? 그대는 벌로 이 나라를 영원히 떠나야 할지니라.”

다음날 또 다른 무리가 왕에게 와서 언덕 너머에 사는 백작부인이 그들을 어떤 비참 속으로 몰아넣었는지, 얼마나 잔인한지를 고발했습니다. 그 백작부인은 즉각 궁정으로 끌려왔고, 왕은 그녀에게도 벌을 내리며 말했습니다. “우리의 들판에서 경작하며 포도밭을 가꾸는 사람들은, 그들이 마련한 빵을 먹고 그들의 포도주 틀에서 나온 포도주를 마시는 우리보다 더 고귀하다. 이를 알지 못했으니, 그대는 이 땅을 떠나 왕국에서 멀리 떨어져 있을지어다.”

그러자 또 한 무리의 남녀들이 몰려와 주교가 ‘성당 건축을 위해 돌을 나르라.’ 하고는 돈을 한 푼도 주지 않는다고 말했습니다. 자신들은 빈털터리로 굶주리고 있는데, 그의 돈궤는 금과 은으로 차고 넘친다는 것입니다.

그러자 왕은 주교를 불러들였고, 주교가 오자 왕은 말했습니다. “가슴 위에 달고 다니는 십자가는 생명의 부여를 뜻할진대 그대는 생명으로부터 생명을 취하고 아무것도 주지 않았노라. 그러므로 그대는 이 왕국을 떠나 결코 되돌아오지 말지니라.”

이처럼 한 달 내내 많은 남녀들이 왕에게 와서 자신들의 짐에 대해 이야기했습니다. 그리고 한 달 내내 매일 억압자들이 그 땅에서 추방당했습니다. 어느 날 또 다시 늙은이들과 젊은이들이 성탑을 둘러싸고 왕을 만나고자 했습니다. 그러자 왕은 한 손에는 왕관을, 다른 한 손에는 홀을 쥐고 내려왔습니다.

그리고 사람들에게 말했습니다. "그대들은 내게 무엇을 원하는가? 보라! 나는 그대들이 내게서 원했던 것을 그대들에게 돌려주노라."

그러나 그들은 외쳤습니다. "아닙니다. 아닙니다. 폐하께옵서는 우리들의 정의로운 왕이십니다. 폐하께옵서는 독사들의 땅을 정결하게 하시고, 늑대들을 굶주리게 하셨으니 우리도 폐하께 감사 찬송을 부르러 왔나이다. 왕관은 존엄 중에 폐하의 것이옵고, 홀은 영광 중에 폐하의 것이옵니다."

그러나 왕이 말했습니다. "아니다. 내가 아니다. 나를 허약하고 그릇된 통치자로 보았을 때에는 그대들 자신이 허약하고 그릇된 통치자였다.

이제 나라가 그대들 의지 안에 있으므로 모두
잘 지내고 있다. 나는 그대들 모두의 마음속에
있는 생각에 불과하며, 나는 그대들의 행동 속
에 존재하노라. 통치자 같은 인물은 없다. 오로
지 스스로를 다스리는 통치자만이 존재할 뿐이
노라."

그리고 왕은 자신의 왕관과 홀을 가지고 성탑
으로 되돌아갔습니다. 그러자 늙은이들과 젊은
이들은 각자의 길로 흩어져 가면서, 아주 흡족
해 했습니다.

그리고 모두들 각자가 자신을 한 손에 왕관을,
다른 손에 홀을 쥔 왕으로 생각했습니다. 유13

연여생각

　지브란은 즐겨 왕에 빗대 인간생활을 사색한다. 초간시집과 유고시집에 실린 두 왕의 이야기도 그러하다. 어쩌면 둘 다 이른바 우민정치를 야유하고 있는 듯싶다. 《논어》에 "군자는 서로 어울리나 같지 않고 소인은 서로 같으나 어울리지 못한다."〔군자화이부동君子和而不同, 소인동이불화小人同而不和〕라는 명언이 있다. 이해利害가 같다면 의리를 굽혀서까지 '같게 되기'를 구하지만 서로 진심으로 어울려 조화를 이루지 못하는 이른바 소인배들을 경계하기 위함이다. 아니면, 그 반대의 경우를 격려하려는 취지라고 보아도 좋다. 인간의 도덕의식의 발달 단계를 연구한 심리학자 콜버그Rawrence Kohlberg는 3단계 이론을 제시한다.

　인습 이전단계(6~10세)에서는 만족(쾌/불쾌)의 균형을 유지하기 위한 자아중심적 집착이 행동의 동기를 부여한다. 다시 말하면, 육체와 결합

된 쾌락의 극대화 또는 불쾌의 극소화가 훌륭한 삶의 이상이 된다는 것이다. 예컨대 '내가 네 잔등을 긁어 주었으니, 너도 내 잔등을 긁어라.' 하는 정도이다.

인습단계(10~13세)에서의 행동동기들은 문화적으로 해석된 욕구라는 형식을 취한다. 이러한 욕구 충족은 사회적으로 인정된 기대 충족에 의존한다. 훌륭한 삶의 이상이란 '법과 질서' 또는 확정된 규칙들의 '권위'에 복종하는 가운데, 가족이라는 1차 집단과 그 밖의 모든 2차 집단 안에서 정해진 예절을 지키는 것이다. 말하자면, 그 직접적인 명백한 결과들에 아랑곳하지 않고 자기에게 부과된 의무를 다하고, 권위에 대해 존경을 표시하며, 주어진 사회 질서를 그 자체를 위해 지켜나가는 것이 올바른 행동이다.

인습 이후단계(13~25세)에 이르면 청소년들은 사회적인 역할과 행동규범들의 타당성에 대해 묻기 시작한다. 여기에서는 그것들을 대표하는 집단이나 개인들의 권위와 무관하게, 그리고 개인과 집단의 일체화와도 무관하게 적용될 수 있고 타당성을 지닐 수 있는 도덕적 가치와 원리들을 밝혀보고자 하는 노력이 현저하게 눈에 띈다. 이제 청소년들은 규범과 원칙 또는 원리들의 구별을 익힌다. 여기에서 원칙이라 함은 그에 따라 규범들이 만들어질 수 있는 규칙들을 일컫는데, 이는 타당한 규범들의 비판 또는 정당화를 위한 척도가 된다. 정의, 상호성Reziprozität, 인권의 평등, 그리고 개성적 인격으로서의 인간의 존엄에 대한 존중이 그 핵심을 이룬다.

독일 유학 당시 프랑크푸르트대학의 아펠Karl-Otto Appel교수는 하버마스와 함께 한 학파를 이루면서 이를 역사발전과 연결시켜 설명하기도 했지만, 여기에서 길게 설명할 겨를이 없다. 다만 인습단계를 설명하면서 '마피아윤리'

라는 비유를 활용했는데, 이는 예컨대 마약 밀수를 위한 집단행동에 나름대로 위계질서와 역할분담이 유지되면서도 그 행동이 제3자에게 결과적으로 미칠 영향은 고려하지 않은 채 오로지 집단 이기주의에 매몰되어 있음을 지적한 것이다. 많은 경우, 우리는 이 단계에 머물고 있다. 집단을 통해 자신의 이익을 도모하면서 '초록동색'草綠同色을 마치 의리인 양 자랑한다는 말이다.

유고시집의 경우는 조금 달라 보인다. 백성들이 모두 자신을 왕이라고 여기고 있으니 말이다. 그렇다고 이를 이상적이라 할 수 있을까? 중국의 으뜸가는 태평성대로 손꼽히는 요순堯舜시대와 비교된다. 요임금이 요즘 말로 민정시찰을 나갔더니 노인들이 작대기로 땅 바닥을 치면서 노래하며〔격앙가擊壤歌〕 즐거워했다. 귀 기울여 들어보니 이런 내용이다. "해 뜨면 일 나가고 해 지면 들어와 쉬네. 우물 파 물 마시고 밭 갈아 밥 먹으니 임금의 힘이 나와 무슨 상관이랴!〔일출이작, 일입이식 착정이음 경전이식 제력우아하유재 日出而作 日入而息 鑿井而飮 耕田而食 帝力于我何有哉〕정치가 오죽 잘 되었으면 백성들이 임금의 존재조차 잊을까? 공자가 깊은 산길을 넘다가 젊은 여인의 울음소리를 듣고 기이히 여겨 사연을 물으니 호랑이가 식구들을 모조리 잡아먹어 저 혼자 상을 치루는 중이라는 답이 돌아왔다. 왜 이사하지 않느냐는 질문에 이곳에 살면 가혹한 세금은 면할 수 있다는 것이다. 이에 공자는 '가혹한 정치가 호랑이보다 두렵구나.'〔가정맹어호 苛政猛於虎〕라고 탄식했다 한다. 들을 귀 있는 자, 들을지어다.

14

야망

세 남자가 선술집 탁자에서 만났습니다. 하나
는 길쌈쟁이, 다른 하나는 목수, 그리고 나머지
는 쟁기잡이였습니다.

길쌈쟁이가 말했습니다. "난 오늘 금 두 냥에
고급 아마포 수의壽衣 한 벌을 팔았다네. 자, 실
컷 마시자고."

"그리고 난." 목수가 말했습니다. "최고급 관
짝을 팔았지. 고기 안주도 맘껏 들자고."

"난 무덤을 하나 팠을 뿐이야." 쟁기장이가 말
했습니다. "그렇지만 손님이 삯을 곱절이나 주었
다네. 꿀떡도 시키자고."

그날 저녁 선술집은 바빴습니다. 그들이 술과
고기와 꿀떡을 자주 주문했기 때문입니다. 모두
아주 즐거웠습니다. 술집 주인은 술을 부으면서
마누라에게 미소를 지었습니다. 손님들이 돈을
펑펑 썼기 때문입니다.

달이 높이 뜨자, 그들은 술집 문을 나서 함께

노래도 부르고 소리도 지르면서 길을 따라갔습
니다.

주인과 마누라는 선술집 문 앞에 서서 그들
을 배웅했습니다.

"아!" 마누라가 말했습니다. "이 양반들! 그렇
게 멋들어지게 기분을 내다니. 매일 그런 행운이
올 수만 있다면! 그러면 우리 아들이 이 선술집
주인이 되어 힘들여 일하지 않아도 좋을 텐데.
잘 가르쳐서 사제를 만들 수 있을 거야." 초13

번쩍이는 섬광

폭풍우가 치는 밤, 주교 한 분이 대성당 안에 있었습니다. 한 비기독교인 여자가 와서 그의 앞에 멈춰서 말했습니다. "나는 기독교인이 아닙니다. 나를 지옥불로부터 건져줄 구원이 있습니까?"

그러자 주교는 여자를 바라보면서 대답했습니다. "아니, 물과 성령으로 세례 받은 사람만 구원 받을 수 있소."

그가 말을 마치자마자 하늘로부터 천둥과 함께 벼락이 대성당을 때려 불길이 가득했습니다. 도시의 남자들이 뛰어와 여자를 구해냈지만, 주교는 불길에 삼켜져 재가 되었습니다. 유8

연여생각

　얼핏 보면 두 시는 서로 연이 닿지 않아 보인다. 그럼에도 둘을 짝지은 것은 둘 다 죽음과 연관되면서 사제 또는 주교를 풍자하고 있기 때문이다. 지브란은 사제들을 그리스도교의 배신자로 규정하고 "십자가를 칼처럼 머리 위에 높이 들고 가는 위선자"로 매도하기도 했다. 1910년이 되자 베이루트에서는 그의 책이 공개적으로 불살라졌으며, 결국 그는 마론파 그리스도교교회로부터 파문을 당했다.

　초간시집의 〈야망〉에 나오는 모든 등장인물들은 실상 죽음과 관련된 일로 먹고 산다. 거기엔 자신도 언젠가는 죽을 수밖에 없다는 깨달음 같은 것이 전혀 없다. 하다못해 선술집 마누라는 돈을 벌어 자식을 사제로 만들기를 소망하는데, 사제란 어떤 면에서는 장례葬禮 절차를 돌보며 살아가니 이들 모두는 짝이 잘 들어맞아 보인다. 유고시집의 〈번쩍이는 섬광〉에 나오는 주교는 자신이 곧 죽게 되리라는 것을 조금도 눈치 채지 못한 채, 천년만년 살 것처럼 이방인(저들은 비기독교인을 이렇게도 부른다) 여자에게 구원을 거부한다.

이로써 예수와 한 이방 여인을 연상하는 사람도 있을 것이다. 마태복음에는 가나안 여인(마태 15:21~28)이라 했고, 마가복음에는 시로페니키아 출생의 이방여자(마가 7:24~30)라고 했는데, 그것은 여하간에 그 여인이 귀신들린 딸을 구해달라고 예수에게 간청하나, 예수는 "자녀들이 먹을 빵을 강아지에게 던져주는 것은 옳지 않다."고 냉정하게 거절한다. 그럼에도 "상 밑에 있는 강아지도 아이들이 먹다 떨어뜨린 부스러기는 얻어먹지 않느냐?"고 여인이 간청한다. 예수가 "네 믿음이 장하다. 네 소원대로 이루어질 것이다." 라고 말하자, 그 순간에 여인의 딸이 나았단다. 이 이야기의 주제가 '장한 믿음'인지, '귀신도 내쫓는 예수의 능력'인지는 단정키 어려우나, 유고시집의 경우에는 분명히 주교에 대한 비아냥이 감춰지지 않는다. 사람들이 왜 여인은 구했으면서도 주교는 죽게 내버려두었을까? 종교가 무엇인지, 그리고 이른바 성직자는 무엇을 해야 하는지 생각하게 만드는 대목이 아닐 수 없다.

사족

이방인을 대표한다고 할 수 있는 사마리아인은 일반적으로 남쪽 유태인들이 북쪽 사마리아 지역에 살고 있는 사람들을 가리키는 말이다.(왕하 17:29) 유대인들에게는 '선택받은 백성'〔選民〕의식이 강할 뿐더러, 이 둘 사이의 적대감정은 역사적으로 아주 오랜 뿌리를 가지고 있다. 그 적개심의 역사는 여러 단계를 거쳐 더욱 악화된 것으로 설명된다.

첫째 단계는 솔로몬이 죽은 뒤 히브리 왕국이

남 왕국 유다와 북 왕국 이스라엘로 양분된 것과 연관된다. 이후 주전 8세기에 북 왕국(후에 사마리아)이 아수르에 의해 멸망되자, 많은 사람들이 포로로 잡혀가는 한편, 아수르 이민들이 대개 이 북 왕국 지역에 정착하기 시작했다. 이로 말미암아 문화와 종교가 혼합되기 시작했고, 잡혼이 성행하기에 이르렀다. 하지만 남쪽지역 사람들은 북쪽 지역 사람들을 불순하게 여기었고, 같은 종교의 신봉자로 여기지도 않았다. 이것이 양쪽 지역 사람들 사이에 장벽이 쌓이게 된 단초가 된다.

둘째 단계는 주로 6세기, 정확히 말해, 기원전 587년에 이르러 남 왕국의 수도 예루살렘이 바빌론에 의해 정복되고, 많은 유태인들이 바빌론으로 유배당하게 된 것과 연관되어 있다. 약 70년 후 페르시아왕 고레스의 칙령에 의해 그들은 고향으로 돌아갈 수 있게 되었다. 사마리아인들이 성전 재건에 참여할 수 있게 해줄 것을 간청

하나, 앞에서 말한 이유로 인한 감정이 작용하여 거절당한다. 그러자 사마리아인들은 성전 재건을 방해하기 위해 다리오왕에게 편지를 보내 유태인들이 예루살렘에 요새를 쌓고 있다고 거짓 고발을 하기에 이른다.(에스라 6:1) 그뿐만 아니라 사마리아인들은 많은 사람을 죽이고 선지자 느헤미아의 생명까지 위협하였다. 이 소동으로 인한 공포 때문에 유태인들은 성전 재건 작업을 거의 포기하기에 이른다.

셋째 단계는 기원전 4세기에 이르러 사마리아인들이 별도로 자신의 성전을 건축하는 것과 연관된다. 알렉산더대왕(기원전 323년 사망) 시대에 사마리아인들은 그의 호의에 힘입어 예루살렘 성전을 모범으로 삼아 그리심산에 자기들의 성전을 건축한다.(요세푸스, 《고대사》) 유태인들에게는 예루살렘 이외의 지역에 성전을 건축하는 일은 율법을 범하는 일이기 때문에, 양자 간의 적개심은 더욱 깊어진다. 요한복음 4장에 있는 예수가 사마리아 여자와 우물가에서 나눈 대화는 그 여인이 여느 여자라기보다는 나름대로 종교적인 조예가 깊은 사람처럼 여겨지도록 예배에 관한 질문을 핵심으로 삼고 있는데, 그녀가 말하는 '우리 조상은 저 산에서 하나님께 예배드렸다.'고 한 말은 바로 이와 같은 역사적 사실을 배경으로 한다.

넷째 단계는 주전 2세기에 와서 유대인들이 안티오코스 에피파네스로부터 극심한 박해를 받는 것과 연관된다. 이 때문에 드디어 주전 175년에 막카비 반란이 일어나게 되지만, 사마리아인들은 유태인과 동족이 아니라고 주장한다. 심지어 그리심산 성전을 제우스 헬레니오스라고 불러도 좋다고 할 정도였다. 스스로를 메데스와 페르시아에서 건너온 이민이라고 한 이들의 요구를 안티오코스가 받아들여 그들의 성전을 이교화시켰는데, 이는 유태인들을 더욱 격분시켰다. 막카비 전쟁 이후 유태 지도자 힐카너스(기원전 135~104)가 세겜과 그리심 등 여러 성읍을 정복하면서 사마리아 성읍도 포위·공격하여 무자비하게 파괴시켜 적개심의 역사에 한 페이지를 덧붙였다.

다섯째 단계는 기원전 1세기 로마시대에 폼페이가 사마리아를 유태로부터 해방시킨 것과 연관된다. 이로 인해 사마리아는 더욱 이방의 영향이 강해졌다.

여섯째 단계는 기원후 6년과 9년 사이에 유월절 한밤중에 사마리아인들 일부가 죽은 사람들의 뼈를 예루살렘 성전 뜰 전체에 뿌린 사건과 연관된다. 이러한 성전모독사건(요세푸스, 《고대사》)이 유태인의 분노를 가중시켰을 것은 두말할 나위가 없다.

마지막 단계는 로마총독 꾸마누스(48~52년) 시대에 갈릴리와 사마리아 경계인 게마(혹은 기네)

마을에서 유월절을 지키려고 예루살렘으로 올라가는 유대인 일행 가운데 한사람을 그 마을 사람들이 살해한 사건과 연관된다. (요세푸스, 《유대전쟁》) 살인 소식이 예루살렘에 전해지자 무리들이 유월절 절기까지 포기한 채 사마리아로 몰려들어 주민들을 대량 학살하고 마을을 불질러 버렸다. 총독이 군대를 이끌고 가 유태 지도자 가운데 엘레아질의 추종자들을 투옥하거나 살해하여 사마리아인들의 원한을 갚아 주었다.

마지막 단계는 예수 이후의 시대적 사건이지만, 예수의 행적을 기록, 편집하던 시기에 포함되므로, 예수가 사마리아 여인의 남편이 일곱이라고 한 지적과 앞서 말한 역사적 기록이 어떤 연관을 갖고 있다할 추정은 완전히 어긋난다고 말하기가 어쭙잖다. (참고: J. Massyngbaerde Ford, *My Enemy is my Guest: Jesus and Violence in Luke*, N.Y.:Orbis Books, 1934, pp.80~83.)

| 15 |

새로운 쾌락

　어제 나는 새로운 쾌락을 만들어냈습니다. 그걸 처음으로 시험하고 있을 때, 천사와 악마가 내 집으로 들이닥쳤습니다. 그들은 내 집 문 앞에서 만나 이 새로 만들어진 쾌락을 두고 다투었습니다. 천사가 "그것은 죄악이야!"라고 하자, 다른 하나인 악마는 "그건 덕성이야!"라고 외쳤습니다. 초14

선신과 악신

선신과 악신이 산꼭대기에서 만났습니다.

선신이 말했습니다. "그대에게 좋은 날이 되기를. 형제여!"

그러나 악신은 아무 대꾸도 하지 않았습니다.

그러자 선신이 말했습니다. "자네, 오늘 심사가 편치 않으이."

"그렇다네." 악신이 말했습니다. "최근에 사람들이 종종 나를 자네로 착각하여 나를 자네 이름으로 부르기도 하고, 자네처럼 취급하기도 한다네. 그게 영 기분이 나빠."

그러자 선신이 말했습니다. "그러나 사람들은 나 역시 자네로 착각하여 자네 이름으로 나를 부른다네."

악신은 사람들의 미련함을 저주하면서 사라졌습니다. 초22

육체와 영혼

남녀 한 쌍이 봄을 향해 열린 창가에 앉았습니다. 그들은 서로 가깝게 자리 잡았습니다. 그러자 여자가 말했습니다. "나는 당신을 사랑해요. 당신은 멋있고, 부유하고, 옷차림이 항상 단정해요."

남자가 말했습니다. "나도 당신을 사랑합니다. 당신은 아름다운 생각이자 손에 넣기엔 너무나도 먼 내 꿈속의 노래입니다."

그러자 여자는 화를 내며 남자로부터 등을 돌렸습니다. 그리고 말했습니다. "여보세요! 당장 내 곁을 떠나세요! 나는 생각도 아니고, 당신의 꿈속을 거니는 그런 물건도 아니에요. 나는 여자예요. 나는 당신이 나를 아내로 삼아 아직 태어나지 않은 아이의 어머니로 살았으면 할 뿐예요."

그리고 그들은 헤어졌습니다.

그러자 남자는 마음속으로 말하였습니다.

"보라! 또 다른 꿈조차 이제 안개 속으로 사라
졌구나."

여자도 말했습니다. "그래, 나를 안개와 꿈으
로 만든 남자가 도대체 누군데?" 유12

연여생각

　세 개의 시는 얼핏 보면 서로 연관성이 없어 보인다. 그럼에도 이 셋을 짝지은 것은 초간시집의 천사와 악마, 죄악과 덕성, 그리고 선신과 악신, 유고시집의 남자와 여자, 영혼과 육체 사이가 마치 거울처럼 서로를 비추고 있기 때문이다. 물론 그 뒤에 숨어 있는 무의식적인 남성 중심주의를 전제로 한다면 말이다. 굳이 남성 중심주의라고 한 것은 은연중에 질서를 존중하고 생명의 발현을 무시하거나 경시하는 성향이 엿보이기 때문이다. 초간시집의 〈새로운 쾌락〉은 제목이 의미심장해 보이는데, '새로운'이라는 형용사가 마치 우리가 매일 아침 떠오르는 해를 향해 새로 만난 것처럼 새삼스럽게 인사한다는 사실과 상통하기 때문이다. '오랜 새 길'이라는 표현이 있듯이, 욕구 충족도 결코 새롭기만 한 것이 아니라 오래된 것이기도 하다. 그러면서 인간은 매 순간 그 양자 중 어느 것은 선이라 하고,

어느 것은 악이라 하며, 천사라 하고 악마라 하기도 한다.

아주 오래 전에 올더스 헉슬리가 쓴 《연애 대위법》이라는 제목의 소설에서 '정신적 야만'이라는 대목을 읽은 기억이 있다. 매일 본능적 욕구에 휘둘리는 것을 '육체적 야만'이라고 한다면, 세상을 등진 채 수도합네 하고 금욕을 내세우는 것을 '정신적 야만'이라 지칭했던 것 같다. 물론 수도修道 자체를 비난하려는 뜻은 전혀 없다. 시인 류시화가 엮은 법정法頂의 잠언집에서 "나는 수고하지 않고 수확하는 농부와 같고, 때로는 오랜 수행의 결과인 그의 통찰력을 도둑질하는 기분이 든다."고 했다는 어느 법정의 독자에게 크게 공감하기 때문이다. 그러나 어떻게 하면 육체와 정신의 양자택일이 아니라, 그야말로 '지양'止揚, aufheben될 수 있을지 하는 궁리 역시 거짓이 아니다.

　헤겔의 전유물처럼 여겨지는 이 '지양'은 사실 철학자-시인, 아니 시인-철학자 쉴러가 '놀이충동'을 통해 육체와 정신의 갈등이 해소되는 방안을 모색하고자 했을 때 착안했던 개념이다. 그의 《미적 교육론》 제15서한에는 '놀이충동'의 의미를 전체적으로 이해하기에 적합한 대목이 있다. 그러나 여기에는 인간의 심적 활동 및 대상과 관계되는 25개의 실체들이 함축되어 있어 이해하기가 예사롭지 않다. 일단 그 전문을 인용해본다.

　"질료충동은 형식충동과 마찬가지로 그 요구에 있어서 아주 진지합니다. 왜냐하면 인식의 영역에서 전자는 사물의 실재성에, 후자는 사물의 필연성에 관심하기 때문이고, 행동의 영역에서 전자는 생명의 보존을, 즉 진리와 완전성을 지향하기 때문입니다. 그러나 일단 인간의 존엄이 개입될 때, 생명은 문제가 되지 않습니다. 그리고 경향성이 밀고 들어서면 의무는 강제성을 중지합니다. 마찬가지로 질료적 진실이 형식적 진실 또는 필연성의 법칙과 대면하게 되면, 우리의 심정은 사물의 실재성, 또는 질료적 진실을 더욱 자유롭고 침착하게 용납해 들입니다. 그리고 일단 직접적 직관이 이들과 동행할 수 있다면, 추상에 의해 속박을 느끼는 일은 없어집니다. 한마디로, 이념과 공동체를 형성함으로써 모든 실재적인 것은 작아지기 때문에 진지성을 상실하고, 감각과 부합함으로써 필연적인 것은 가벼워지기 때문에 진지성을 상실합니다."

이렇게 볼 때, '놀이'는 작아진 우리 존재의 한 측면(실재적인 것)의 결과이자 가벼워진 다른 측면(필연적인 것)의 결과이다. 심성이 법칙과 욕구의 중간에 적절하게 자리 잡게 되면 그 중간을 갈라놓게 되어, 어느 한 쪽이 다른 한 쪽을 강제

하지 못하게 하기 때문이다. 이처럼 현실이 진지성을 상실하고, 필연성을 경감할 때, 인간은 자유롭다. 이렇게 해서 쉴러는 "인간은 놀이할 때에만 완전한 인간 존재이다."라는 그의 유명한 명제에 도달하게 된다.

지브란 자신도 1921년에 출판된 마지막 아랍어 대표작 《높은 기둥의 도시, 이람》에 이렇게 쓴 바 있다. "나는 영혼 안에 감춰진 육체로 이람에 들어갔어요. 왜냐하면 이 두 가지는 항상 존재하며 영혼에서 육체를, 또는 육체에서 영혼을 분리하려고 노력하기 때문에 사람의 마음이 진리에서 멀어지게 되죠. 꽃과 향기는 하나예요."

이해하기 쉬운 시들을 공연히 어렵게 만들어 놓은 듯하여 민망하다. 그렇다고 여기에서 뜻하는 자유로운 놀이를 "노세. 노세. 젊어서 노세."라는 유행가 가락으로 대치할 수도 없으니, 내가 생각해도 참으로 딱하다.

16

다른 언어

태어난 지 사흘째 되는 날, 나를 둘러싼 새로운 세계에 대해 놀라운 시선을 던지며 비단 요람 속에 누워 있을 때, 나는 어머니가 유모에게 하시는 말씀을 들었습니다. "내 애기가 어때요?"

그러자 유모는 대답했습니다. "잘 있습니다, 부인. 나는 하루에 세 번씩 젖을 먹입니다. 이렇게 어리면서도 명랑한 아기는 본 적이 없답니다."

그 말에 나는 분개했습니다. 그리고 외쳤습니다. "그렇지 않아요. 엄마! 내 침대는 딱딱하고, 내가 먹는 우유는 입에 써요. 게다가 젖가슴의 악취는 내 콧속에 썩은 내를 풍겨요. 나는 지금 최악의 상태예요."

그러나 내 어머니도, 유모도 내 말을 알아듣지 못했습니다. 내가 말한 언어는 내가 건너온 세상의 언어였기 때문입니다.

세이레째 되던 날, 내가 세례를 받을 때, 사제

는 내 어머니에게 말했습니다. "정말로 기뻐하십시오. 부인, 아드님은 기독교인으로 다시 태어났습니다."

그러자 나는 놀랐습니다. 그리고 사제에게 말했습니다. "그렇다면 천국에 계신 당신 어머니는 틀림없이 불행하겠군요. 당신은 기독교인으로 다시 태어나지 않았으니까요."

그러나 그 사제 역시 내 말을 알아듣지 못했습니다.

그리고 일곱 달이 지난 후 어느 날, 점쟁이 하나가 나를 쳐다보고는 어머니에게 말했습니다. "당신 아드님은 정치가이자 백성들의 위대한 지도자가 되실 겁니다."

그러나 나는 외쳤습니다. "그건 틀린 예언이어요. 나는 음악가가 될 거예요. 나는 꼭 음악가가 될 거예요."

그러나 그때에도 사람들은 내 말을 이해하지 못했습니다. 내 놀라움은 컸습니다.

33년이 지난 사이에 내 어머니도, 유모도, 사제도 모두 돌아가시고, (하느님의 그늘이 그 영혼들 위에 깃드시기를!) 점쟁이만 아직 살아있습니다. 그리고 어제 나는 성전 대문 근처에서 그를 만났습니다. 서로 이야기를 나누던 가운데 그가 말했습니다. "나는 당신이 위대한 음악가가 되리라는 것을 늘 알고 있었답니다. 당신이 갓난아기였을 때에도 나는 예언했고, 당신의 미래를 점쳤습니다."

그리고 나는 그를 믿었습니다. – 왜냐하면 이제 나 역시 그 다른 세상 말을 잊었기 때문입니다. 초15

예언자와 아이

옛날 옛적 어느 날 예언자 샤리아가 정원에서 한 아이를 만났습니다. 그 아이는 그에게 달려와 말했습니다. "좋은 아침, 선생님!" 예언자는 잠시 후 덧붙였습니다. "혼자로구나."

아이는 즐겁게 웃으며 말했습니다. "보모를 떼어놓는 데 시간이 오래 걸렸어요. 보모는 내가 저 울타리들 뒤에 있다고 생각하겠지만, 보세요. 나는 여기 있는 걸요?" 그리고 예언자의 얼굴을 응시하고는 재차 말했습니다. "선생님도 혼자시네요. 보모는 어쨌어요?"

예언자가 대답했습니다. "아, 그건 다른 일이다. 정말로 나는 그를 좀처럼 떼어놓을 수가 없구나. 그렇지만 그는 정원에 있는 나를 울타리 뒤에서 찾고 있단다."

아이는 손뼉을 치고 소리쳤습니다. "그러니까 선생님도 나처럼 미아가 되었네요. 미아가 된다는 것은 좋지 않나요?" 그리고는 물었습니다.

“그런데 선생님은 누구세요?”

남자가 대답했습니다. “사람들은 나를 예언자 샤리아라고 부른단다. 그럼 네가 누군지 말해주련?”

“나는 나일 뿐이에요.” 아이가 말했습니다. “그리고 나를 찾고 있지만, 내 보모는 내가 어디 있는지 모른답니다.”

그러자 예언자는 허공을 바라보며 말했습니다. “나 역시 잠시 내 보모에게서 도망쳤지만, 그이는 날 찾아내고 말 거야.”

아이가 말했습니다. “내 보모도 날 찾아낼 거예요.”

그 순간 아이의 이름을 부르는 여인의 목소리가 들려왔습니다. “보세요.” 아이가 말했습니다. “내 보모가 나를 찾아내리라고 말했죠.”

같은 순간에 또 다른 목소리가 들려 왔습니다. “샤리아야, 너 어디 있느냐?”

예언자가 말했습니다. "보아라. 내 아이야, 그 역시 나를 찾아냈구나."

그리고 얼굴을 위로 향한 채 샤리아가 대답했습니다. "여기 내가 있나이다." 유10

연여생각

　솔직히 말해서 초간시집 〈다른 언어〉의 의미가 내겐 선명하지가 않다. 그러나 그 '다른 언어'가 혹시 어린 아이만이 파악하고 말할 수 있는 진실을 뜻하는 것은 아닐까? 그리하여 성인이 되면 어느새 현실에 파묻혀 더 이상 진실을 말하지 못하게 된다는 것을 뜻하는 것일까?

　이 시를 읽다가 퍼뜩 지브란이 《고백록》을 읽고 이 시의 영감을 얻은 것은 아닐까 하는 생각이 떠올랐다. 성 아우구스티누스는 자신의 유년기를 회고하면서 다음과 같이 술회한다.

　"그 후 나는 웃기 시작했습니다. 처음에는 자면서, 나중에는 깨어 있을 때 웃었습니다. 이것조차 다른 사람들이 후에 내게 말해주거나 다른 아이들에게서 같은 것을 내가 보고 믿게 되었는지 기억은 전혀 알 수 없습니다. 나는 조금씩 내가 어디에 있는지 알게 되었고, 내 요구를 들어줄 수 있는 사람들에게 뜻

을 표시하려고 했습니다. 그러나 내 뜻을 그들에게
충분히 전할 수가 없었습니다. 그 이유는 내 뜻은 내
안에 있었고, 그들은 내 밖에 있어서 자기들의 주어
진 감각적인 힘으로는 내 영혼 안으로 들어올 수가
없어서였습니다.” (1권 6장)

〈다른 언어〉의 주인공이 서른 세 살 되는 때
로 이야기가 끝나는데, 그 숫자가 기묘하게도 예
수의 생애를 연상케 한다. 그러나 그러한 연상
은 옳지 않아 보인다. 왜냐하면 예수는 이미 ‘다
른 언어’를 잊었다고 하기 어렵기 때문이다.
　흥미롭게도 초간시집에는 점쟁이soothsayer 외
에도 어머니와 유모, 그리고 사제가 등장하는
데, 예언을 했다는 의미에서 유고시집 중 예언자
prophet가 등장하는 시와 짝이 맞는다. 물론 전
자도 예언prophesy을 하지만, 그 예언이 들어맞지
않았음에도 언제 그랬느냐는 식으로 자신의 예

언이 들어맞았다고 호언한다. 후자는 특별한 예언을 하지는 않았지만, 초능력자와 소통한다는 점에서 예언의 능력을 가진 것에 틀림없다. (지브란이 《예언자》에서 묘사한 알무스타파는 원래 선택받은 사람을 뜻한다.) 후자의 경우, 어린 아이와 예언자 모두 독립적인 것 같으면서도 어린이는 유모가, 예언자는 하늘의 초능력자가 자신의 존재를 늘 근심하고 있다는 믿음 속에 살아간다. 그러한 공통점을 보이면서 '또 다른 언어'에 반응한다.

기독교 구약성경에는 여기에 나오는 예언자처럼 초월적인 존재의 부름에 자신 있게 응답하는 인물들이 종종 등장한다. 내 외손녀가 좋아한다는 소년 사무엘도 하느님의 음성에 "야훼여, 말씀하십시오. 종이 듣고 있습니다."라고 대답한다. 예언자 샤리아가 누구인지는 알 수 없으나, 발음상 구약의 선지자 이사야를 떠올리게 한다.

그런데 구약 창세기에 보면 사람을 찾는 또 다른 음성이 있다. 바로 사람이라는 뜻을 가진 아담이 범죄한 후 숨어 있을 때, 그를 찾는 창조주의 음성이다. "너 어디 있느냐?" 물론 그가 정말 아담이 숨어 있는 곳을 알지 못해 물은 것은 아닐 것이다. 아담이 대답했다. "당신께서 동산을 거니시는 소리를 듣고 알몸을 드러내기가 두려워 숨었습니다." 그리고 '당신께서 저에게 짝 지어 주신 여자'를 핑계 댄다.

나는 어른이 되고서도 진실을 알아들을 수 있을까? 초월자가 부를 때 예언자 샤리아처럼 '여기 내가 있나이다.'라고 대답할 수 있을까? 아니면 아담처럼 숨었다가 다른 사람 핑계나 댈까?

하늘을 올려다보는 예언자의 모습이 영화 〈지붕 위의 바이올린〉의 아버지를 연상케도 한다. 그는 이해 못할 사태가 벌어질 때마다 하늘

을 올려다보며 항의하지만, 이윽고 그것이 하늘
의 뜻이라고 이해한 듯 고개를 끄덕인다.

17

석류

옛날에 내가 석류 안에 살고 있었을 때입니다. 나는 어느 씨알이 하는 말을 들었습니다.

"언젠가 나는 나무가 될 거예요. 그렇게 되면 바람이 내 가지들에서 노래하고, 해는 내 잎들 위에서 춤출 거예요. 나는 사계절 내내 강하고 아름다울 거예요."

그러자 다른 씨알이 입을 열었습니다. "나도 너만 했을 때에는 그런 꿈을 가져댔지. 그러나 세상 물정을 헤아릴 수 있게 되면서, 나는 내 이상들이 헛되다는 것을 알게 되었단다."

셋째 씨알이 또한 말했습니다. "나는 우리 속에서 그토록 위대한 미래를 약속하는 무엇도 보지 못해."

그러자 넷째 씨알이 말했습니다. "그러니 더 큰 미래도 없는 우리 삶이라는 게 얼마나 놀림감이 되겠느냐고."

다섯째가 말했습니다. "우리가 지금 무엇인지

를 모르면서, 무엇이 될지로 말다툼을 하다니.”

그러나 여섯째가 대답했습니다. “우리가 무엇이든지 간에 우리는 이 모습 그대로 계속 살아갈 거야.”

그러자 일곱째가 말했습니다. “난 모든 것이 어떻게 될지를 분명히 알고 있어. 다만 그걸 말로 할 수 없을 뿐이야.”

그러자 여덟째-아홉째-그리고-열째-그보다 더 많은 씨알이 제각기 떠들어댔습니다. 그리고 나는 너무나 많은 목소리들로 아무것도 구별할 수 없게 되었습니다.

나는 바로 그날 마르멜로 속으로 옮겨갔습니다. 거기에는 씨알들이 별로 없어 거의 침묵상태였습니다. 초16

석류

자신의 과수원에 많은 석류나무를 가진 남자가 있었습니다.

가을마다 그는 석류들을 은쟁반에 바쳐서 집 밖에 내다놓았습니다. 쟁반들 위에는 그가 손수 적은 표지가 꽂혀 있었습니다. "마음대로 집으세요. 환영합니다."

그러나 사람들은 지나치면서 아무도 그 과일을 집지 않았습니다. 그러자 그 남자는 생각 끝에 다음해 가을에는 집 밖에 놓아둔 은쟁반 위에 석류를 한 알도 올려놓지 않았습니다. 그 대신 큰 글씨로 이런 표지를 세웠습니다. "여기 우리나라에서 제일 좋은 석류들이 있습니다. 그렇지만 다른 어떤 석류보다 은전을 더 많이 받고 팝니다."

그런데 보십시오. 이웃의 모든 남녀들이 그 석류를 사려고 몰려들었습니다. 유39

평화 감염

꽃이 핀 가지 하나가 이웃에 있는 가지에게 말했습니다. "오늘은 지루하고 공허하다." 그러자 다른 가지가 대답했습니다. "참으로 공허하고 지루하다."

그 순간 참새 한 마리가 어느 가지에 내려앉았고, 이어 다른 참새가 그 곁에 내려앉았습니다.

두 참새들 가운데 하나가 짹짹거리며 말했습니다. "내 짝이 나를 떠났어."

다른 참새가 울부짖었습니다. "내 짝도 사라져서 다시는 돌아오지 않아. 누가 날 돌보지?"

그리고 둘은 짹짹대며 욕설을 퍼붓다가 이내 싸움을 벌이고 시끄러운 잡음으로 주변을 떠들썩하게 만들었습니다.

갑자기 다른 참새 두 마리가 공중에서 날아와 쉴 새 없이 짹짹거리는 둘 옆에 조용히 앉았습니다. 그러자 이내 조용해지고, 평화가 깃들었습니다.

그러다가 네 마리가 둘씩 짝지어 날아갔습니다.

첫 가지가 이웃 가지에게 말했습니다. “대단한 쨱쨱 소리였어.”

그러자 다른 가지가 대답했습니다. “뭐라고 부르든, 지금은 평화롭고 널찍해서 숨을 좀 쉴 것 같다. 공중 위가 평화로우면 낮은 데 사는 이들도 평화롭게 되는 것 같아. 바람이 살랑댈 때 내게 조금 가까이 오지 않겠니?”

첫 가지가 말했습니다. “오, 아마도 평화를 위해, 생生이 다 가기 전에!”

그리고는 강한 바람에 출렁이며 그녀를 껴안았습니다. 유46

연여생각

　우화는 딱히 동물들에게만 해당하는 것이 아니다. 그것은 식물에도, 조류에도 해당된다. 초간 시집의 〈석류〉pomegranate에는 총총히 박힌 씨앗들이 그득하다. 마치 가난했던 어린 시절 좁은 방에서 복대기던 우리네 모습을 연상케 한다. 돌아가신 내 할머니 표현을 빌리자면, 맨날 '끼꾸대지 않으면 깨꾸대던' 시절이다. 심지어 객지에서 환갑을 얼마 앞 둔 채 외아드님의 납치로 인해 졸지에 혼자 여섯 남매와 고부를 돌보다가 돌아가신 내 할아버지 상중에도 우리는 그랬다. 넷째가 어떤 손님이 오셨나 몰래 들여다 볼 때 미닫이문을 벌컥 열어 황당하게 만들어 놓고는 깔깔대며 도망 다니기도 했던 것이다. 석류 속에 아그대 다그대 열린 씨알들, 이윽고 철이 되어 껍질을 터뜨리고 밖으로 삐져나온 모습을 보고 지브란 시인은 어쩌면 레바논 고향의 가난하지만 그런대로 건강하게 자라나는 농촌 아이들을 연상했는지도 모른다.

그런데 그중 유독 한 알이 견디지 못하고 마르멜로marmelo 속으로 자리를 옮긴다. 마르멜로는 '유럽 모과'라고도 불리는 과일로서, 코카서스 원산인 장미과 과일나무이다. 과일은 너무 딱딱하고 시기 때문에 얼려서 물러지게 해서 먹는데, 보통 잼, 젤리, 푸딩, 과일주 등으로 해 먹거나 껍질을 벗겨 구워서 먹는다. 마르멜로로 만든 잼이 마멀레이드인데, 포르투갈어 'marmelada'에서 온 것 같다. 꽃말은 유혹이고, 사랑의 여신 비너스에게 바쳐진 과일로 '황금의 사과'라고도 일컬어지고 있다. 힙포네스가 아타란테와 싸워 이겼을 때 선물 받은 것이 바로 마르멜로라고 한다. 또한 마르멜로의 꽃에는 임기응변에 능한 그의 재능이 세상을 헤쳐 나가는 데 큰 도움이 되지만, 가까이 사귐으로써 뭔가 이득이 생기리라 직감하고 남녀노소를 불문하고 여러 사람이 유

174

혹하는 만큼 자신을 지키기 위해서라도 유혹에 쉽게 넘어가지 않도록 조심하면 만사형통이라는 꽃점 풀이도 있다. 석류가 익어 터지기 전 모습이 모과와 비슷해 보일 수 도 있지만, 씨앗이 그리 많지 않은 점에 착안한 시인의 재치가 돋보인다.

유고시집에도 〈석류〉를 제목으로 한 시가 있다. 그런데 이 경우, 풍자 내용이 사뭇 다르다. 이른바 유행 심리가 표적이다. 요즈음 우리나라에 부는 이상한 명품바람이 지브란 시대에도 보통이 아니었나 보다. 가격을 올려놓으니 더 잘 팔리는 현상은 사람들의 허영 심리를 겨냥했다 해야 할 것 같다.

유고시집의 경우는 짹짹거리며 떠들어대는 참새들의 모습과 바람에 출렁이는 가지들의 모습에서 어깨를 부딪치며 조잘대는 석류 씨알들이 연상된다. '평화'라는 단어가 그리 엄숙해보이

지 않으니, 아옹다옹하는 그 모습이 오히려 평
화의 상징은 아닐까?

　그런 점에서 유고시집에 나오는 밤새도록 울
어대는 〈개구리들〉도 그럴싸하다. '고양이 쥐 생
각한다.'는 속담이 있지만, 평화란 어쩌면 분쟁
의 완전한 불식이 아니라 완벽한 균형에 따른
안녕인지도 모른다.

개구리들

　어느 여름날 수개구리가 제 짝에게 말했습니
다. "나는 호수 옆집 사람들이 우리들 밤 노래
때문에 방해 받지 않을까 염려된다오."

　그러자 짝이 말했습니다. "그래, 그 사람들이
낮 동안 자기들끼리 떠드는 이야기로 우리의 침
묵을 성가시게 하지는 않고요?"

수개구리가 말했습니다. "밤에 노래를 너무 많이 부르지 않도록 조심합시다. 신神이 금지한 시끄러운 소리로 이웃을 괴롭히는 두꺼비는 어떻더냐고?"

그러자 짝이 대꾸했습니다. "낮 동안에 그들이 큰 소리로 지껄인다는 것을 잊지 맙시다. 이 호숫가에서 시끄럽고, 운율 없는 잡음으로 공기를 흐려놓는 정치가, 사제 그리고 과학자에 대해서는 뭐라고 하시겠어요?"

수개구리가 말했습니다. "그래, 우리는 이 사람들보다는 나아집시다. 밤에는 조용히 우리 노래들을 가슴속에 간직합시다. 비록 달과 별들이 우리의 운율을 요청할지라도 말이오. 우리 적어도 하루나 이틀만이라도, 아니면 사흘 밤만이라도 조용히 합시다."

그의 짝이 말했습니다. "그래요. 그렇게 해요. 어디 당신 인정 많은 가슴이 무얼 불러들일지

봅시다."

그날 밤 개구리들은 조용했습니다. 그 다음 날 밤에도, 다시 셋째 날 밤에도 조용했습니다. 그러자 이상하게도, 호수 옆집 수다쟁이 여자가 다음 날 아침 식탁으로 내려오면서 남편에게 큰 소리로 외쳤습니다. "이 사흘 밤 동안 한숨도 자지 못했어요. 개구리들의 노랫소리가 귓가에 들려와야 안심하고 잠을 이루곤 했는데, 무슨 일이 벌어진 게 틀림없어요. 이 사흘 밤 동안 개구리들이 전혀 노래를 않고, 나는 불면증으로 거의 미칠 것 같아요."

수개구리가 이 말을 듣고 짝에게 몸을 돌려, 한쪽 눈을 찡긋하며 "우리는 입을 다물고 있느라 거의 미칠 뻔했지. 그렇지?"

그러자 짝이 대답했습니다. "그래요. 밤의 침묵이 우리를 무겁게 내리눌렀지요. 그러니 자신들의 공허를 소음으로 채워야 할 사람들의 안락을 위해 우리가 노래를 멈춰야 할 이유가 전혀 없다는 것을 알 수 있어요.”

그리고 그날 밤 개구리들의 운율을 찾는 달과 별들의 요청이 헛되지 않을 수 있었습니다. 유24

18

울타리 두 개

내 아버지의 정원에는 두 개의 울타리가 있습니다. 한 울타리 속에는 아버지의 노예들이 니나바 사막에서 잡아온 사자가 들어있습니다.

매일 아침 동틀 무렵 다른 울타리에 있는 참새가 사자를 부릅니다. "좋은 아침, 형제 죄수야." 초17

독수리와 종달새

종달새와 독수리가 높은 언덕 꼭대기 바위 위에서 만났습니다. 종달새가 말했습니다. "좋은 아침, 독수리님." 그러자 독수리는 그를 내려다보며 내키지 않는 듯 대꾸했습니다. "좋은 아침."

종달새가 재잘거렸습니다. "모든 일이 다 순조롭기 바랍니다. 독수리님."

"그래." 독수리가 말했습니다. "우리에게 행운이 있기를. 그러나 너는 우리가 새들 가운데 왕이고, 너는 우리가 말을 건네기 전에 먼저 재잘거려서는 안 된다는 것을 모르느냐?"

종달새가 말했습니다. "내 생각에 우리는 한 가족인데요?"

독수리는 그를 경멸하는 눈으로 바라보며 말했습니다. "누가 네 놈과 내가 한 가족이라고 말하더냐?"

그러자 종달새가 말했습니다. "그렇다면 이걸 기억해두세요. 나는 당신만큼 높이 날 수 있는

데다가 노래까지 할 수 있어요. 그래서 이 지구 상의 다른 피조물들에게 기쁨을 줄 수 있답니다. 그런데 당신은 즐거움도, 기쁨도 주지 못하잖아요.”

그러자 독수리는 화가 나서 말했습니다. “즐거움과 기쁨? 이, 조그만 건방진 놈아! 내 부리로 한번만 내리찍으면 너는 곧 망가질 게다. 내 발 크기만도 못한 놈아.”

그러자 종달새는 높이 날아올랐다가 독수리 등에 내려앉아 그의 깃털들을 쪼아대기 시작했습니다. 독수리는 성가셔서 높이 그리고 빨리 날았습니다. 그러면 이 작은 새가 떨어지겠거니 했습니다. 그러나 그는 실패하고 말았습니다. 드디어 바로 높은 언덕 꼭대기 바위 그 위로 내려앉았습니다. 그의 등에 여전히 붙어있는 작은 새 때문에 전보다 더 짜증을 내면서 시간의 운명을 저주했습니다. 그 순간 작은 거북이 한 마리가 지나가다가 그 광경을 보고 웃었습니다. 어찌나 웃었던지 거의 뒤집어졌습니다.

독수리가 거북이를 내려다보고 말했습니다. "너 느림뱅이놈아. 땅 위를 기어 다니는 주제에 뭘 보고 웃는 거냐?"

거북이가 말했습니다. "당신이 작은 새를 태워 준 꼴이 되었으니, 왜 우습지 않아요? 작은 새가 당신보다 낫군요."

그러자 독수리가 거북이에게 말했습니다. "가서 네 볼 일이나 봐라. 이건 내 동생 종달새와 나 사이의 집안일이다." 유3

연여생각

  초간시집에 나오는 울타리에 갇힌 사자는 그
토록 친밀했던 메리 엘리자베스 해스켈에게조
차 자신의 불행했던 과거를 밝히고 싶지 않아
이리저리 둘러댄 지브란의 허풍을 떠올리게 한
다. 둘은 마치 예수와 마리아 막달레나 같은 사
이였다. 그럼에도 그는 친할아버지가 "부유한 귀
족이고, 운동에 능했으며, 총명하고, 사자를 애
완동물로 키우는 사람"이라고 둘러댔다.
  초간시집에 나오는 사자는 노예들에게 잡혀
울타리에 갇혀 있으면서 매일 아침 다른 울타리
에 갇힌 참새로부터 인사를 받는다. 사자를 '형
제 죄수'라고 부르는 것으로 보아 그 인사는 조
롱으로 들린다. 그러나 자신도 울타리에 갇혀있
는 것으로 보아 그 조롱이 참새 자신을 향해 있
음도 틀림없다. 큰 것과 작은 것의 터무니없는
대비가 웃음을 자아낸다고 한 베르그송의 말대
로 사자와 참새의 대비 자체도 웃기지만, 참새의

분수 모르는 짓거리는 그야말로 우스갯감이다.

유고시집에도 비슷한 경우가 등장한다. 이번에는 독수리와 종달새다. 그런데 여기에서는 작은 쪽이 아니라 큰 쪽이 웃긴다. 친숙하게 인사하는 종달새의 작음을 얕잡아보고 거만을 떨다가 종달새가 제 등에 올라 깃털을 쪼아대는 고통을 감내해야 한다. '엎친 데 덮친 격'으로 작은 거북이에게 그 꼴이 발각된다. 그러자 독수리는 또 거만을 떤다. 그러면서 처음에는 펄쩍 뛰어놓고는 둘 사이를 '가족'이라고 둘러댄다. 그런데 거북이도 웃긴다. 남의 처지를 비웃다가 그만 뒤집어질 뻔 했으니 말이다. 뒤집혔다면 정말 웃겼을 텐데!

19

개미 세 마리

개미 세 마리가 햇볕 속에서 잠든 왕자의 콧등 위에서 만났습니다. 서로 인사를 나눈 뒤 무리의 관례대로 멈춰 서서 이야기를 나눕니다.

첫째 개미가 말했습니다. "이 언덕과 들판은 내가 아는 가장 황폐한 곳이야. 곡식 한 알이라도 있나, 하루 종일 찾았지만 아무것도 못 찾았어."

둘째 개미가 말했습니다.

"나 역시 아무것도 찾지 못했어. 구석구석 다 뒤졌는데도 말이야. 이건 말이야. 우리나라 사람들이 말하는 아무것도 자라지 않는, 부드럽고 움직이지 않는 땅임에 틀림없어."

그러자 셋째 개미가 머리를 들고 말했습니다.

"어이, 친구들. 우리는 지금 거대한 개미 콧등 위에 있는 거야. 너무나 강하고 무한대여서 이 개미의 몸뚱이를 우리가 보지 못했을 뿐이야. 그 그림자는 너무나 광대해서 벗어날 수 없고,

목소리는 너무 웅장해서 들을 수가 없어. 그분
은 무소부재하시다.”
  셋째 개미가 이렇게 말했을 때 다른 개미들
은 서로 쳐다보고 웃었습니다.
  왕자가 움직인 순간, 그리고 잠결에 손을 들
어 코를 긁었을 때, 개미 세 마리는 모두 뭉개졌
습니다. 초18

전쟁과 평화

세 마리 개가 햇볕을 쬐면서 이야기를 나누었습니다.

첫 번째 개가 꿈꾸듯이 말했습니다. "오늘날 개답게 살아가고 있다는 것이 얼마나 경이로운 일인지. 우리가 바다 밑으로, 땅 위로 심지어는 하늘로 여행할 때 누리는 안락을 생각해보라. 개들의 즐거움, 눈과 귀와 코를 위해 만들어진 피조물들을 한번 생각해 보라고."

둘째 개가 말했습니다. "우리는 예술에 더 마음을 쓰지. 우리는 달을 보고 선조들보다 더 운율적으로 짖어대지. 그리고 물속에 비친 모습이 어제보다 더 분명해진 것을 알지."

그러자 셋째 개가 말했습니다. "그러나 내게 가장 흥미롭고 마음을 끄는 것은 견족犬族들 사이에 존재하는 평온한 이해야."

바로 그 순간 그들은, 아뿔싸, 개장수가 다가오고 있는 것을 보았습니다.

세 마리 개는 길 위로 뛰어올라 재빨리 거리
를 내달렸습니다. "하느님, 맙소사. 살고 싶으면
뛰어라! 운명이 우리를 뒤쫓고 있다." 초16

연여생각

　이번에는 곤충이 등장한다. 초간시집의 〈개미 세 마리〉 역시 인간을 풍자한 것이다. 어떤 인간? 우리 속담 식으로 하자면 '우물 안 개구리 같은 인간'이라고나 할까? 아니면, 일찍이 원효대사의 말씀대로 '위관규천'葦管窺天, 곧 우물 속에 들어앉아 갈대구멍으로 하늘을 내다보고 이를 세계의 전부로 안다고나 할까? 현재의 자신을 표준으로 삼아 타인을 흉보면서 한치 앞도 내다보지 못한다. 심지어 무소부재無所不在한 존재까지도 제 멋대로 꾸며댄다.

　유고시집에 등장하는 〈세 마리 개〉도 대동소이하다. 현실에 안주하면서 자신들을 덮쳐오는 불행한 운명 내지 미래를 눈치 채지 못한다.

　이 시들에는 태어나기 한 세대 전에 내분으로 얼룩진 레바논에서 아랍 동포들을 위해, 그리고 12세 때 어머니, 여동생들, 형과 함께 이민간 서양세계를 위해 예언자의 역할을 떠맡은 지브란 자신의 관점이 반영되어 있다. 그가 태어나던 해 오스만 제국은 아직 레바논을 지배하고 있었고, 이내 영국이 이집트와 수단을 침공했으며, 1883 년에는 마흐디족과 싸우고 있었다. 영국과 마찬 가지로 야심에 찬 프랑스는 튀니지를 점령하고 알제리로 지배영역을 넓혀갔다. 1911년 이탈리아 가 터키에 선전포고를 하면서 중동의 긴장이 고 조되자, 지브란은 과거 레바논의 드루즈파는 영 국과, 그리스정교는 러시아와, 마론파派는 프랑 스와 결탁하던 분파주의적 습관을 버리자고 외 치기 시작했다. 여기에 나오는 개미 세 마리, 개 세 마리의 모습은 미래를 모른 채 불안하게 이 어지는 당시의 삶과 지독히도 닮아 보인다.

무덤 파는 사람

옛날에 내가 나의 죽은 자아들 중 하나를 땅에 묻었을 때, 무덤 파는 사람이 지나가다 말했습니다. "무덤을 찾아 여기 오는 사람들 중에 당신만 내 마음에 듭니다."

내가 말했습니다. "그 말씀을 들으니 아주 기쁩니다. 그런데 왜 내가 마음에 든다고 하시지요?"

"왜냐하면." 그가 말했습니다. "다른 사람들은 울고 와서 울고 갑니다. 당신만이 웃고 와서 웃고 가기 때문입니다." 초19

일흔 살

　청년 시인이 왕녀에게 말했습니다. "당신을 사랑합니다." 그러자 왕녀가 대답했습니다. "나도 너를 사랑한단다, 아가."

　"그렇지만 난 당신의 아이가 아니에요. 나는 어른이고 당신을 사랑합니다."

　그러자 왕녀가 말했습니다. "나는 아들들과 딸들의 어머니이고, 그들은 또 아들들과 딸들의 아버지들이자 어머니들이지. 내 아들들의 아들들 가운데 하나는 너보다도 나이가 많단다."

　시인 청년이 말했습니다. "그렇지만 당신을 사랑합니다."

　그 일이 있은 후 얼마 있지 않아 왕녀가 죽었습니다. 그러나 대지의 더 큰 숨이 그녀의 마지막 숨을 받아들이기 전에 왕녀는 속으로 말했습니다. "내 사랑하는 이여! 내 외동아들, 나의 청년 시인이여! 언젠가 다시 만나게 되겠지. 그때 나는 일흔 살이 아닐 거야." 유48

연여생각

초간시집의 '나'는 무덤 파는 사람에게서 자신의 죽은 자아를 파묻으면서 웃고 와서 웃고 간다고 칭찬 받는다. 다른 사람들은 울고 와서 울고 가기 때문이다. 왜 우는 것일까? 미련 때문일 게다. '아버지 장례 때문에 머뭇대는 사람', '손에 쟁기를 쥐고 뒤를 돌아보는 사람', '식구들과 작별인사를 먼저 해야겠다는 사람'(누가 9:62) 등이 그러하다. 이에 대한 예수의 대답은 단호하다. "죽은 자들의 장례는 죽은 자들에게 맡겨 두라."

1920년 여름에 완성된 《폭풍우》에도 〈무덤 파는 사람〉이 등장하는데, 거기에는 오히려 '미친 신'이 주목된다. 그는 시인에게 글 쓰는 일을 포기하고 무덤 파는 사람이 되어 살아있는 사람들에게서 '시체들'을 제거하라고 재촉한다. 그런데 시인이 왜 자기는 시체들을 한 번도 본 적이 없느냐고 묻자, '미친 신'은 "환각 상태에 빠진 너의 눈은 인생의 폭풍 앞에 떨고 있는 사람들을

보며 그들이 살아 있다고 믿는데, 사실 그들은
태어날 때부터 죽은 사람이다.”라고 대꾸한다.

‘무덤 파는 사람’이 니체가 즐겨 쓴 이미지였
다고 지브란과 니체를 연결시키는 해석도 없지
않다. 사실 지브란은 《차라투스트라는 이렇게
말했다》로부터 깊은 인상을 받았다. 지브란 역
시 니체 못지않은 반항아였다. 그러나 가끔 비
관주의에 빠지기는 하지만, 지브란은 영원한 가
치가 실재한다는 믿음을 버린 적이 없다.

유고시집의 경우에도 초간시집이 지적하는
집착이 엿보인다. 2011년도 한국연극 베스트 3
에 든 독일 동시대 연극 〈못 생긴 남자〉(마리우
스 폰 마이엔부루크 작, 윤광진 연출)에는 못생긴
얼굴 때문에 자신이 개발한 신상(품)의 프레젠
테이션을 못 하게 된 남자가 등장한다. 결국 성
형수술을 받고 빼어난 인물로 거듭나 회사와
아내로부터 특별대우를 받게 된다. 그뿐 아니라

역시 성형수술로 젊게 보이는 거래회사 소유주 여인으로부터 유혹을 받는다. 그런데 이 여인의 실제 나이가 73살이다. 위에 실린 '일흔 살'이 안 되리라고 장담하는 왕녀가 혹시 성형수술을 믿는 건 아니겠지. 순전히 농담이다. 그러나 그녀에게서 많은 사람들이 버리지 못하는 미련이랄까, 집착의 냄새가 나는 것은 사실이다. 여주인공princess을 공주라고 않고 왕녀라고 한 것은 흔히 공주는 어리거나 젊은 여자를 연상하기 때문이다.

성전 계단들 위에서

어젯밤, 성전 대리석 계단들 위에서 나는 두 남자 사이에 앉아 있는 한 여인을 보았습니다. 그녀의 얼굴 한쪽은 창백하고, 다른 쪽은 발그스름했습니다. 초20

생 귀머거리 여인

옛날에 젊은 부인과 함께 사는 부자가 있었습니다. 그 여인은 생 귀머거리였습니다. 어느 날 아침 식사 때, 그 여인이 남편에게 말했습니다. "어제 장터에 갔더랬어요. 다마스쿠스에서 온 비단옷, 인도에서 온 숄, 페르시아에서 온 목걸이, 암만에서 온 팔찌들이 즐비하더군요. 대상隊商들이 방금 물건을 이 도시로 실어온 것 같아요. 그런데 날 좀 보세요, 부잣집 여편네가 누더기 꼴이라니? 나도 그 아름다운 물건을 좀 갖고 싶어요."

남편은 아침 커피를 마시기에 바빠 건성으로 대답했습니다. "그래요, 여보! 거리로 내려가 마음에 드는 대로 모두 사지 못할 이유가 없지."

그러자 생 귀머거리 부인이 말했습니다. "'아니'라고요? 당신은 언제나 '아니, 아니' 밖에 몰라요. 내가 친구들 사이로 누더기를 걸치고 나타나면 당신의 부와 우리집 사람들에게 부끄럽지 않겠어요?”

남편이 말했습니다. “내가 언제 ‘아니’라고 했
소? 장터에 가서 우리 도시에 온 가장 아름다운
옷들과 보석들을 마음대로 사구려.”

그러나 부인은 다시금 말귀를 못 알아듣고 대
답했습니다. “부자들 중에서 당신이 제일 끔찍해
요. 당신은 내게 아름답고 사랑스러운 모든 것을
거부하지요. 옆집에 사는 여자들은 값비싼 옷을
입고 도시의 정원들을 거니는데 말이에요.”

그리고 그 여인은 울기 시작했습니다. 눈물이
흘러 가슴을 적실 때까지 그녀는 울고불고 하
면서 부르짖었습니다. “내가 옷이나 보석을 갖
고 싶어 하면 당신은 언제나 ‘아니, 아니’라고 하
지요.”

그러자 남편은 마음이 움직여 일어나서 지갑
에서 한 움큼의 금과 은을 꺼내서 그녀 앞에 놓
아주고 친절한 목소리로 말했습니다. “여보, 장

터에 가서 원하는 것을 모두 사시오."

그날부터 젊은 생 귀머거리 부인은 무엇이든
지 갖고 싶으면, 눈에 진주 같은 눈물을 달고 남
편 앞에 나타났습니다. 그러면 그는 말없이 금
화를 한 움큼 집어내어 그녀의 무릎 위에 놓아
주었습니다.

그런데 우연히도 이 젊은 부인은 긴 여행을
떠나는 습관을 가진 젊은이와 사랑에 빠졌습니
다. 그가 멀리 떠날 때마다 그녀는 창가에 앉아
울곤 했습니다.

그녀의 남편이 그렇게 울고 있는 아내를 보고
마음속으로 말했습니다. "새로 온 대상이 비단
옷들과 희귀한 보석들을 싣고 거리로 온 게 틀
림없어."

그리고는 금화를 한 움큼 쥐어 그녀 앞에 놓
아주었습니다. 유 41

연여생각

초간시집에 실린 여인은 두 남자 사이에서 얼굴 한 쪽이 발그스름해지는가 하면, 다른 한 쪽은 창백해진다. '성전 대리석 계단들 위에서'라니, 아마 겉으로만 그런 척하는 것이 아니라 속마음을 드러낸 것이리라.

유고시집에 나오는 '생 귀머거리 여인'도 두 마음을 지니고 있다. 그녀는 귀가 들리지 않는 까닭에 부자 남편의 진심을 모른 채 그가 자기 소원에 귀 기울이지 않는다고 눈물을 흘린다. 남편은 이에 마음이 움직여 처음처럼 건성이 아니라 진솔하게 그녀의 소원을 들어준다. 눈물을 흘릴 때마다 남편은 그녀에게 금과 은을 듬뿍 안겨준다. 그러다가 부인은 그만 다른 젊은이와 사랑에 빠져 그가 긴 여행을 떠날 때마다 눈물을 보인다. 남편은 그것을 자신에게 보내는 호소로 착각하여 그때마다 부인에게 금화를 한 움큼 쥐어준다. 유고시집의 부자 부인도 초간시집의 여인 못지않게 속마음을 드러내건만, 남편은 그녀의 두 마음을 알아채지 못한다. 신뢰감 때문일까? 아니면, 돈이면 마음을 달래줄 수 있다는 우둔함 때문일까? 아니, 부인을 자신의 소유로 인식하여 부인이 결코 두 마음을 가질 리 없다고 단정했기 때문일까?

자녀를 자신에게 맡겨진 선물로 생각하지 못하는 부모는 자녀가 자신의 생각대로 움직여야 한다는 일방적인 생각을 고집한다. 그러나 '소속'이 '소유'는 아니다. 부부 사이도 마찬가지이다. 인간 사이에 진정한 소통이 이루어지려면, 이와 같은 편견에서 벗어나야 한다. 그렇지 않을 때, 그것은 배신을 폭력으로 다스리려는 사태로 이어진다.

만사형兄통이라는 말이 세간에 떠돌았는데, 지난 정권을 비꼬는 뜻이 담겨 있다. 동상이몽同床異夢이라는 사자성어도 떠오른다. 같은 자리에 누워 다른 꿈을 꾼다는 뜻인데, 유고시집에 이런 상태를 재치있게 묘사한 시가 있다. 〈고래와 나비〉라는 글이다.

고래와 나비

어느 날 저녁에 남자와 여자가 함께 마차를 타게 되었습니다. 그들은 전에도 만났습니다.

남자는 시인인데, 여인 곁에 앉게 되자, 여인을 즐겁게 해줄 이야기를 찾아냈습니다. 일부는 자신이 엮었고, 일부는 남의 것이었습니다.

그러나 이야기하는 동안, 부인은 잠이 들었습니다. 갑자기 마차가 흔들리자, 여자는 깨어나 말했습니다. "나는 당신의 요나*와 고래 이야기에 대한 해석을 존경합니다."

시인이 말했습니다. "그러나 부인, 나는 나비

와 흰 장미가 서로를 어떻게 대했는지에 대해
내가 꾸민 이야기를 들려 드렸는데요." 유45

＊ 요나는 BC 8세기 경 북쪽 이스라엘 왕국의 예
언자로 구약 성경 안에 수록되어 있다. 요나서의
중심 인물로서 하느님의 명을 거역하고 딴 곳으로
갔다가 큰 물고기 또는 고래에 삼켜졌다.

"패배"

패배여, 나의 패배여! 나의 고독, 나의 초연함
이여!
그대는 내게 천 번의 승리보다 더 친숙하고,
내 마음에 온갖 세상-영광보다 더 달콤하다.

패배, 나의 패배여! 나의 자각, 나의 도전이여!
그대를 통해 나는 내가 아직 젊고 빠르며
시들어가는 월계수들의 덫에 걸리지 않음을
안다.
그리고 나는 그대 안에서 홀로 있음과 따돌
림 당함과 비난 받음의 기쁨을 찾았다.

패배, 나의 패배, 나의 패배, 빛나는 창과 방
패여!
나는 너의 두 눈에서
왕관이 곧 노예의 표지요,
이해가 곧 수준 격하요,

파악이 곧 자기 충만의 막다른 길이요,
익은 과일처럼 떨어지는 소모라는 것을 읽어
낸다.

패배, 나의 패배, 나의 담대한 동반자여! 그대
는 나의 노래와 외침과 침묵을 듣게 될 것이다.
그리고 오로지 그대만이 내게
날갯짓 소리와
바다들의 재촉과
밤에 타오르는 산들에 대해 말해 주리라.
그리고 그대만이 가파르고 바위투성이인 내
영혼을 기어오를 것이다.

패배, 나의 패배, 나의 죽음을 모르는 용기여!
그대와 나는 폭풍과 함께 웃게 될 것이고,
우리는 함께 제 안에서 죽어가는 모두를 위
해 무덤을 팔 것이고,

의지와 더불어 태양 속에 설 것이고,
위태로워질 것이다. 초23

두 사냥꾼

옛날 옛적 5월에, 기쁨과 슬픔이 호수 곁에서 만났습니다. 그들은 서로 인사하고, 조용한 물가에 앉아 이야기를 나눴습니다.

기쁨은 지상에 있는 아름다움과, 숲과 언덕들 사이에서 사는 삶이 주는 매일의 기적, 그리고 새벽과 저녁녘에 들려오는 노래들에 대해 이야기했습니다.

슬픔은 기쁨이 말한 모든 것에 동의했습니다. 슬픔은 시간의 마술과 그 아름다움을 알고 있었습니다. 그리고 들판들과 언덕들 사이에 있는 5월에 대해 이야기할 때, 그는 청산유수였습니다.

기쁨과 슬픔은 오랫동안 같이 이야기했고, 자신들이 아는 모든 것들에 동의했습니다.

이때 호숫가 저편으로 사냥꾼들이 지나갔습니다. 물 건너를 바라보면서, 둘 중 하나가 말했습니다. "저 두 사람이 누군지 궁금한데."

그러자 다른 하나가 말했습니다. "둘이 가고 있어? 내게는 하나만 보이는데."

첫째 사냥꾼이 말했습니다. "둘이라니까." 둘째가 말했습니다. "내겐 하나가 보일 뿐이야. 호수에 비친 그림자도 하나 뿐이잖어?"

"아니야, 둘이라구." 첫째 사냥꾼이 말했습니다. "고요한 물에 비친 그림자도 둘이야."

그러나 둘째가 다시 말했습니다. "내게는 하나 뿐이야."

다른 사람이 말했습니다. "그렇지만 난 분명히 둘을 보고 있다니까."

이 날까지도 한 사냥꾼은 다른 사람이 겹쳐 본다고 말하고 있습니다. 그러면 다른 사람은 말합니다. "내 친구는 눈이 조금 멀었어." 유51

연여생각

시인 지브란의 전기를 쓴 수헤일 부쉬루이는 "지브란을 관찰해보면, 자신의 약점과 싸우면서 실패와 절망으로부터 뭔가 영원하고 거룩한 것을 일구어내려고 몸부림치는 인간을 목격하게 된다."라고 쓴 바 있다. 첫 시 〈"패배"〉에서는 실패를 두려워하지 않는 불굴의 정신이 엿보이는데, 그 점에서 슬픔과 기쁨을 하나로 보는 유고 시집의 〈두 사냥꾼〉과 상통한다. 거기에서 슬픔과 기쁨은 그들이 알고 있는 모든 것들에 대해 오랫동안 같이 이야기하고 또한 뜻을 같이한다. 그래서 호수 건너편에 있는 두 사냥꾼은 이를 하나라고, 또는 둘이라고 말다툼하다 기어코 상대의 눈이 멀었다고 비아냥댄다.

실제로 지브란은 초간시집에 〈내 슬픔이 태어났을 때〉라는 제목의 시와 〈그리고 내 기쁨이 태어났을 때〉라는 제목의 시를 연달아 실어놓았다.

　지브란은 초간시집과 유고시집을 통틀어 이
시와 〈"완전한 세계"〉에만 따옴표를 붙였는데,
실패같아 보이지만 실패가 아님을 강조하기 위
함였을까? 뒤에 나오는 〈"완전한 세계"〉도 읽어
보면 반어법같이 들린다.

|23|

내 슬픔이 태어났을 때

내 슬픔이 태어났을 때 나는 사랑스러운 부드러움으로 지켜보며 정성껏 돌보았습니다.

그리고 내 슬픔은 모든 생물들처럼 강하고 아름답고 불가사의한 기쁨의 가득참 속에 자라났습니다.

그리고 우리, 내 슬픔과 나는 서로를 사랑했고, 우리를 둘러싼 세계를 사랑했습니다. 슬픔은 상냥한 마음을 지녔고, 내 마음도 슬픔에게 상냥했습니다.

우리, 내 슬픔과 내가 서로 이야기를 나눌 때, 우리의 낮들에게는 날개가 돋쳤고 우리의 밤들은 꿈으로 둘러싸였습니다. 슬픔은 말 주변이 뛰어났고, 나는 슬픔과 함께 능변이 되었습니다.

우리, 내 슬픔과 내가 함께 노래할 때, 이웃들은 창턱에 앉아 귀 기울였습니다. 우리 노래는 바다 같이 깊고, 선율들은 이상한 기억들로 가득 찼기 때문입니다.

우리, 내 슬픔과 내가 함께 걸을 때, 사람들은 부드러운 눈길로 쳐다보았고, 아주 달콤한 말로 속삭였습니다. 부러움에 가득 찬 눈으로 바라보는 사람들도 있었습니다. 슬픔은 고상하고 내게 너무나 자랑스러웠기 때문입니다.

그러나 내 슬픔이 모든 생물과 같이 죽었을 때, 나는 홀로 남아 명상과 사색에 잠겼습니다.

그리고 이제 내가 말을 해도 그 말들은 내 귀를 무겁게 누릅니다.

노래를 불러도 내 이웃들은 들으러 오지 않습니다.

거리를 걸어도 아무도 나를 쳐다보지 않습니다.

오로지 잠 속에서만 나는 불쌍히 여기는 목소리들을 듣습니다. "보라고. 여기 슬픔과 사별한 사람이 누워 있네." 초33

그리고 내 기쁨이 태어났을 때

내 기쁨이 태어났을 때, 나는 그를 내 두 팔로 안고 지붕 위로 올라가 소리쳤습니다. "오세요, 이웃 사람들, 와서 보세요, 오늘 내게 기쁨이 태어났어요. 와서 햇빛 속에 웃고 있는 이 기분 좋은 아가를 좀 보세요."

그러나 이웃들 중 아무도 내 기쁨을 와보지 않았습니다. 나는 너무나도 놀랐습니다.

일곱 달 동안 매일 나는 지붕 위로 올라 내 기쁨을 알렸건만, 아무도 나를 거들떠보지 않았습니다. 그리고 내 기쁨과 나는 아무도 찾아오지 않은 채, 외롭게 남겨졌습니다.

내 기쁨은 점차 지치고 창백해졌습니다. 내 가슴 말고는 누구도 그 사랑스러움을 안아주지 않았고, 누구도 그 입술에 입 맞추지 않았기 때문입니다.

그러자 내 기쁨은 외롭게 죽었습니다.

이제 나는 죽어버린 내 슬픔과 함께 죽은 내

기쁨을 추억할 뿐입니다. 그러나 추억은 바람 속
에서 잠시 웅얼대다가 이내 그 소리마저 들리지
않는 가을 잎새입니다. 초34

연여생각

　두 시는 제목에 '그리고'가 있듯이 하나의 연시聯詩라 할 만하다. 하나는 슬픔, 다른 하나는 기쁨과 짝을 이룬 자신을 노래한다. 그런데 슬픔을 노래할 때 그 시가 오히려 명랑하고 활기찬 반면, 기쁨을 노래할 때 그 시는 오히려 쓸쓸하고 울적하다. 사람들도 기쁨은 거들떠보지도 않는다. 기쁨보다 슬픔이 더 근원적이기 때문일까? 아니면, 사람들이 다른 이의 슬픔에는 호기심을 발동하지만, 다른 이의 기쁨은 시샘하기 때문일까? 어쨌든 슬픔과 기쁨은 겉보기에 아주 달라 보이지만, 실제로는 하나라는 뜻일 상도 싶다. 《예언자》(함석헌 역)의 〈기쁨과 슬픔에 대하여〉는 이를 분명히 보여주고 있다.

기쁨과 슬픔에 대하여

그 다음 한 여인이 말했다.
우리에게 기쁨과 슬픔에 대해서 말씀해주십시오.
그가 대답했다.

너희의 기쁨은 탈을 벗는 슬픔이다.
너희의 웃음이 떠오르는 바로 그 우물이 때로는 너희의 눈물로 가득 차는 일이 적지 않다.
어찌 그렇지 않을 수 있느냐.
슬픔이 너희 비탄을 깊이 후벼 파고 들어가면 갈수록 너희는 더 많은 기쁨을 거기에 담을 수 있다.
너희가 술을 담는 그 잔은 바로 토기장이가 화덕에서 구워낸 그 잔이 아니냐.

너희 맘을 녹여주는 그 피리는 바로 칼로 후
벼 파낸 그 나무 아니냐.

너희가 기쁠 때 너희의 가슴속을 깊이 들여
다보라. 그러면 너희에게 기쁨을 주는 것은 다
름 아닌 슬픔을 주던 그것임을 알 것이요,

너희가 슬플 때도 너희의 가슴을 들여다보라.
그러면 사실은 너희에게 즐거움이 되었던 그것
을 위해 너희가 울고 있음을 알 것이다.

너희 가운데 더러는 "기쁨은 슬픔보다 위대
하니라."라고 말하고, 어떤 이는 "아니다. 슬픔이
야말로 더 위대하다."라고 한다.

그러나 내가 말하건대 그 둘은 서로 나눌 수
없느니라.

그 둘은 함께 오는 것이요, 하나가 너와 한가
지로 밥상에 앉아 있을 때면, 잊지 마라. 다른
하나는 너희의 침상에서 자고 있는 것이다.

진실로 너희는 슬픔과 기쁨 사이에 저울처럼
달려 있다.
너희가 텅 빈 때에만 너희는 안정되고 반듯할
수 있다.
저 보물지기가 자기의 금은을 달아보기 위해
너희를 쳐드는 날, 너희의 기쁨과 슬픔은 오르
고 내리지 않을 수 없느니라.

더 큰 바다

내 영혼과 나는 헤엄을 치려고 큰 바다로 갔습니다. 그리고 기슭에 도착한 우리는 감춰진 호젓한 곳을 찾으려고 떠돌았습니다.

그렇게 떠돌 때, 우리는 회색 바위 위에 앉아 손가락으로 가방 속 소금을 끄집어내어 바다로 던져 넣는 한 남자를 보았습니다.

"이 사람은 비관주의자야." 내 영혼이 말했습니다. "이곳을 떠나자. 우리는 여기에서 헤엄칠 수 없어."

우리는 계속 걷다가 어느 구석에 도착했습니다. 거기에서 우리는 흰 바위 위에서, 보석으로 장식된 상자 속 설탕을 꺼내 바다로 던지는 한 남자를 보았습니다.

"이 사람은 낙관주의자야." 내 영혼이 말했습니다. "그도 우리의 벌거벗은 몸을 보아서는 안 돼."

우리는 계속 걸었습니다. 그리고 해변가에서 죽은 물고기를 집어 올려 부드럽게 물속으로 돌려 넣는 남자를 보았습니다.

"우리는 그 앞에서 해수욕을 할 수 없어." 내 영혼이 말했습니다. "그는 인정 많은 박애주의자야."

그리고 우리는 계속 지나쳤습니다,

그리고 우리는 한 남자가 모래 위에 제 그림자를 그리고 있는 곳에 도착했습니다. 거대한 파도가 밀려와서 그것을 지웠습니다. 그러나 그는 꾸준하게 그리기를 반복했습니다.

"그는 신비주의자야." 내 영혼이 말했습니다. "그를 떠나자."

그리고 우리는 조용한 구석에 이르기까지 계속 걸었습니다. 그곳에서 우리는 거품을 걷어 올려 석고 사발 속에 붓고 있는 한 남자를 보았습니다.

"그는 이상주의자야." 내 영혼이 말했습니다. "분명히 그는 우리의 벌거벗음을 보아서는 안돼."

그리고 계속 걷다가 우리는 갑자기 외치는 소리를 들었습니다.

"바다다, 깊은 바다다. 넓고 힘센 바다다." 소리 나는 곳에 도착했을 때, 그것은 바다를 등지고 서서 귀에다 조개를 끼고 윙윙거리는 소리를 듣고 있는 한 남자였습니다.

그러자 내 영혼이 말했습니다. "계속 지나치자. 그는 현실주의자야. 그는 알 수 없는 전체를 등진 채 파편만으로 바쁜 사람이야."

그래서 우리는 계속 지나쳤습니다. 그리고 암초투성이 바위틈에서 머리를 모래 속에 파묻고 있는 한 남자를 보았습니다. 그러자 내가 내 영혼에게 말했습니다. "여기에서는 헤엄칠 수 있겠다. 그가 우리를 볼 수 없을 테니까."

"아니." 내 영혼이 말했습니다. "그이야말로 모든 이들 가운데 가장 치명적이야. 그는 청교도인이야."

그러자 커다란 슬픔이 내 영혼의 얼굴을 덮었다가 소리 나도록 파고들었습니다.

"여기에서 나가자." 그녀는 말했습니다. "우리가 헤엄칠 수 있는 외지고 숨겨진 장소란 없어. 바람이 내 황금빛 머리칼을 들추게 하거나, 내 흰 젖가슴을 이 공기 속에 드러내게 하고 싶지 않아. 그렇다고 빛이 내 성스러운 알몸을 드러내게 하고 싶지도 않고."

그래서 우리는 더 큰 바다를 찾아 그 바다를 떠났습니다. 초26

저주

어느 어부가 언젠가 내게 말했습니다. "30년 전에 선원 한 놈이 내 딸과 함께 도망쳤지. 나는 마음속으로 둘 다 모두를 저주했다. 나는 이 세상에서 내 딸만을 사랑했기 때문이야."

"그 일이 있은 뒤 얼마 안 있어, 그 선원은 배에 탄 채 바다 밑바닥으로 가라 앉아 버렸지. 그와 함께 내 사랑하는 딸년도 내게서 영영 사라졌어. 이제 나는 내 속에서 그 청년과 내 딸을 죽인 범인을 보고 있어. 그들을 망친 것은 내 저주였어. 이제 무덤으로 가는 길에 나는 하느님의 용서를 빌고 있다."

노인은 이렇게 말했습니다. 그러나 그의 말에는 뽐내는 기색이 있었습니다. 그것은 그가 아직도 자신이 내린 저주의 힘을 자랑스럽게 여기고 있다는 것을 보여줍니다. 유38

연여생각

　여덟 살 나던 해 지브란의 부모는 처음으로 그를 바다에 데려갔다. "눈앞에 바다가 펼쳐졌다. 바다와 하늘은 같은 색이었다. 수평선은 없었으며, 물위에는 돛을 들어 올린 동방의 범선들이 가득했다. 산골짜기를 빠져 나오자마자 갑자기 거대한 창공 같은 것이 앞을 가로막더니 그 위에 떠 있는 배들이 눈에 들어왔다."

　초간시집과 유고시집에서 뽑은 두 시는 바다에 관한 언급 밖에 인연이 별로 없어 보인다. 그러나 전자에서 '내 영혼'이 스스로를 귀하게 여긴 나머지 어느 곳에도 머물지 못하고 떠도는 모습은, 후자에서 노인이 하느님께 용서를 빌어야겠다고 하면서도 스스로를 '뽐내는 기색'과 어딘지 모르게 닮아 있다. 비관주의, 낙관주의, 박애주의, 신비주의, 이상주의, 현실주의, 청교도주의, 그 어느 것에도 '내 영혼'은 바람이 황금빛 머리칼을 들추게 하거나, 공기 속에 흰 젖가슴을 드러내게 하고 싶지도 않고, 빛이 성스러운 알몸을 드러내게 하고 싶지도 않다. 그만큼 자존의식이 강하다. 그럴 수 있다. 그러나 그러다 보면 자유롭게 헤엄칠 수 있고, 그러면서 자신의 몸을 깨끗하게 만들 '큰 바다'에는 들어가 보지도 못한 채 '더 큰 바다'를 찾아 떠돌아야만 할지 모른다. 그렇다고 자신의 저주를 뉘우치는 듯하면서도 실상 스스로의 괴력을 자만하는 어부가 옳아 보이지도 않는다. 어차피 삶이 고해苦海라 할지라도 보람 있는 삶이란 어쩌면 그 속으로 뛰어들어 부끄러움과 고통을 견뎌내고 극복해야 하는 것이 아닐까?

근본불교는 고해의 근원이 집착이요, 집착은 8정도正道에 의해서만 끊어질 수 있다고 가르친다. 곧 바로 보고〔정견正見〕, 바로 생각하고〔정사正思〕, 바로 말하고〔정어正語〕, 바로 행동하고〔정업正業〕, 바른 생활하고〔정명定命〕, 바르게 정진하고〔정

226

정진正精進〕, 바르게 깨어있고〔정념正念〕, 바른 삼매에 이를 것〔정정正定〕이 바로 그것이다. 쉽지 않은 정진精進이 유고시집의 〈진주〉에서도 읽혀진다. 흥미롭게도 1912년 겨울, 지브란은 독감으로 몸져누운 자신을 진주에 비하기도 했다 한다. "난 조개처럼 나의 내부에만 산다. 나는 내 마음으로 진주를 만들려고 하는 조개이다. 하지만 사람들은 진주가 단지 조개 몸에 생긴 병일 뿐이라고 한다." 〈모래와 거품〉(1926)에도 "진주는 한 알의 모래 둘레에 고통으로 지은 신전神殿이다."라는 표현이 들어있다. 수필가 고동주는 《동아일보》에 양식 진주에 대해 다음과 같이 흥미로운 글을 실은 적이 있다.

　"진주의 씨를 심을 조개는 3년생인데, 사람으로 치면 꽃다운 나이라고 한다. 건강한 조개는 생식소의 수술이 어려우므로 수술하기 5개월 전부터 일부러 죽지 않을 정도의 햇볕 충격을 주어서 허약한 체질로 만든다. 기진맥진한 조개의 생식소 벽을 가르고 진주 핵이라는 둥글게 다듬은 이물질을 집어넣는다. 이것이 진주조개의 아픔의 시작이다. 수술을 마친 조개는 임신부를 다루듯 보름 동안 요양을 시킨 후 채롱에 넣어 바다 뗏목에 매단다. 수술 자국이 아물고 나면 조개는 자궁 안에 들어온 이물질인 핵과 또 싸워야 한다. 어둡고 아프고 고통스러운 비탄 속에서 몸부림칠 때마다 이상 분비물이 생기고 그 분비물이 핵을 서서히 둘러싸면 엷은 진주층이 한 겹씩 쌓인다. …… 진주 양식을 하는 바다는 깨끗하고 잔잔하면서 영양이 풍부하고 계절에 관계없이 늘 푸른 산그늘이 드리운 곳이라야 한다. 거센 파도가 몰아치거나 지나다니는 배의 엔진 소리라도 나면 놀라서 분비물이 잠시 멎게 되므로 진주의 면이 고르지 못하고 좋은 색깔이 나지 않는다. …… 이런 조건을 다 이겨야 결이 없이 매끈하고 고운 진주가 생겨난다.”

　　나 역시 청년시절의 메모를 모은 생활시
집 《아픔에 의해》에 이런 구절을 남겨 놓았다.
(1970.6.10.)

　　진주, 그것은/아리고 쓰린 티를/끈끈한 체액으
로 감싸 이겨낸/'아코야'조개의/안쓰러운 마음이다.
…… 우리도 언젠가는/진주여야 하겠지./우리도 언젠
가는/어른여야 하겠지./조금은 수줍게/조금은 담대
하게.

　　지브란 유고시집의 〈진주〉 전문은 다음과
같다.

진주

굴 하나가 이웃 굴에게 말했습니다. "내 몸 안에

는 너무도 큰 아픔이 도사리고 있단다. 무겁고 둥근 그 놈 때문에 너무나도 괴로워.”

그러자 다른 굴이 의기양양하게 답했습니다. “하늘과 해신에게 찬양을 돌릴지어다. 내 몸 속에는 그런 아픔 따위는 없어. 나는 안팎으로 편안하고 완전해.”

그 순간 게 한 마리가 옆을 지나가다가, 두 굴의 이야기를 듣고 안팎으로 편안하고 완전한 굴에게 말했습니다. “그래, 너는 편안하고 완전해. 그렇지만 네 이웃이 품고 있는 아픔은 너무나도 아름다운 진주란다.” 유11

사족

유고시집에 나오는 선원의 모습에서 리하르트 바그너(1813~1883)가 쓴 〈방랑하는 네델란드인〉을 떠올릴 사람들도 있을 것이다. 사랑하는 딸 젠타는 일단 무대에 나타나면 투신자살하여 막을 내릴 때까지 무대를 떠나지 않고 계속 네덜란드인의 초상화를 가슴에 안은 채 그녀의 번뇌와 열정을 나타낸다. 바그너는 이 작품의 소재를 하인리히 하이네(1797~1856)에게서 얻었다고 전해진다. 1831년에 집필하여 1834년 《살롱》지에 발표된 〈폰 슈나벨레보프스키의 회상에서〉의 제7장에서 하이네는 유령선에 관한 중세의 전설을 다루고 있다.

바그너가 하이네를 읽은 것은 리가에 머물고 있던 때로 추정되는데, 그 후 얼마 있지 않아 그는 빚에 몰려 도피하다가 큰 풍랑을 맞닥뜨리게 된다. 또 파리에서 갖은 신고辛苦를 겪으면서 이 소재를 되살려 낸다. 이러한 개인적인 사연 외에 당시의 문화 예술 상황 역시 함께 작용한다.

하이네 자신이 이 이야기를 지어낸 것이 아니라 네덜란드에서 본 어떤 연극을 나름대로 재현해 보인 것이다. 이 소재는 실상 당시 유럽에 잘 알려져 있었고, 또 즐겨 다뤄졌다. 인간세계와 혼령세계의 대결만 해도 그렇다. 이러한 근본 원리에 따라서 E. T. A. 호프만은 오페라 〈물의 요정〉Undine을 썼고, 〈마탄의 사수〉와 〈요정왕〉Oberon 역시 그러하다. 나아가 혼령세계를 애정이나 신뢰를 가지고 대하는 사람은 그 일생을 비극적으로 마쳐야 한다는 것도 거의 전통적이었다. 사랑으로 인한 죽음이라는 표지 아래 이루어지는 인간세계와 혼령세계의 만남 말고도 바그너의 이 작품은 또 하나의 전통적 요소를 지니고 있다. 그것은 곧 '고통스러운 세계'라는 주제 Weltschmerz-thematik이다. 대담하고 반항적인 유럽 낭만파 예술가들은 메테르니히 시대, 곧 유럽의 정치적인 복고 시대에 생산된 '세계의 고통문학'Weltschmerzliteratur을 통해 마땅히 부정되어야 할 모반자의 반사회적 형상을 반복해서 묘사하였다.

그러나 바그너는 하이네 외에도 빌헬름 하우

프의 〈유령선 이야기〉(1826)도 참고해 가면서 독창적인 대본을 마련했다. 특히 등장인물 가운데 젠타를 사랑하는 에리크라는 사냥꾼은 극적 효과를 높이기 위해 바그너가 만들어낸 인물이다. 새로운 인물 설정에서 뿐 아니라, 인물 해석에서도 양자는 구별된다. 바그너의 〈네덜란드인〉은 단순히 저주를 받았을 뿐만 아니라, 인간과 그 사회에 대해 혐오감을 가지고 있다. 그의 등장 아리아에는 죽음을 향한 동경이 인간에 대한 회의와 실망에 근거하고 있음을 잘 말해준다. 바그너의 〈네덜란드인〉은 저주받은 유령이기보다는 실망한 인간의 모습을 더욱 분명히 하고 있다.

여기에서 우리는 1830년 이래로 문학에서 새롭게 작용하기 시작한 고전적인 연극 전통의 염세가를 찾아볼 수 있는 동시에 바그너 자신의 모습과 그의 갈망을 볼 수 있다. 바그너는 이 〈네덜란드인〉에서 "인간 본성의 원초적인 충동이 마음을 사로잡는 강렬한 힘을 가지고 외친다."고 말한다. 이 충동은 곧 삶의 소용돌이 한복판에서 '안식을 찾는 동경'을 말한다. 목적도 없고, 기쁨도 없는 삶은 오로지 죽음을 향해 나아가는 역겨운 행진일 뿐이기 때문이라는 것이다. 〈방랑하는 네덜란드인〉과 그를 사랑하는 젠타를 통해 그 자신의 항해 경험이 반영되어 있다. 다른 한편, 죽기까지 사랑을 바치는 여주인공 젠타의 모습을 통해 우리는 '여성적인 동정심'에 대한 바그너의 끈질긴 갈구도 읽을 수도 있다.

1983년은 바그너가 타계한 지 100주년이 되던 해로서, 독일에서는 그의 대표작들을 텔레비전을 통해 방영하는 한편, 그와 연관된 많은 책자가 출판되었다. 우리나라에서도 영국 BBC가 제작한 그의 일대기가 방영되어 세계와 호흡을 함께 한 것으로 기억된다. 필자는 때마침 서울대학

교 음악대학으로부터 바그너를 주제로 한 대학
원 강좌를 맡아 달라는 청탁을 받고 다소 망설
였으나, 이를 계기로 일종의 묵은 숙제 하나를
풀어보는 것도 의의 있는 일일 듯하여 기꺼운 마
음으로 응락하였다. 묵은 숙제란 다름 아니라, 공
연예술과의 연관 속에서 미학의 문제를 다뤄보
려는 필자의 개인적인 취향에 따른 것이다. 필자
가 비교적 일찍부터 관심을 가지고 있던 바그너
가 그 대상이었는데, 누구 말마따나 '하늘의 별
따기'라는 과장이 있을 정도인 바이로이트 축제
공연 가운데 전후공연 30주년 기념이라는 특별
한 의의가 부여된 1981년도 공연 전체를 볼 수 있
었고, 그 경험을 언젠가는 정리하려는 생각이 있
었기 때문이다. 필자의 《바그너의 생애와 예술》
이 그 결실이다.

　　이 공연을 바탕으로 〈네덜란드인〉을 재생하
면 다음과 같다.

제1막에서 젠타의 아버지 달란트가 폭풍우에 밀려 바닥 기슭에 닻을 내리고 있을 때, 두 손을 합한 모양의 뱃머리를 한 유령선이 나타난다. 이윽고 두 손이 벌어지면서, 마치 짐승의 피투성이 내장 같은 선체의 내부가 드러난다. 그 가운데 네덜란드인이 쇠사슬에 묶인 채 몸을 뒤틀며 자신의 운명을 탄식하는 음울한 아리아를 부른다. 거의 무대가 보이지 않을 정도로 어두운 조명 가운데 붉은 뱃속만이 돋보이게 강조되다가 특유의 번개 조명이 수시로 무대를 스쳐 지나간다. 젠타의 아버지는 유령선 선장인 네덜란드인이 가지고 있는 보석 등을 구경하고 놀라운 기쁨 속에 그에게 딸을 줄 것을 약속한다.

제2막에서 젠타를 사랑하는 에리크는 어떤 창백한 항해자가 젠타를 껴안고 바다로 도망치는 꿈을 꾸었다고 이야기한다. 네덜란드인이 침침한 방안과 강한 대조를 이루는 밝은 조명을 등 뒤로 받아 완전히 검은 실루엣으로 등장하여 죽음을 맹세한 젠타의 고백을 들을 즈음에, 이 유령선은 마치 푸른 꽃등을 피워놓은 듯한 겹겹의 돛과 남양의 꽃밭을 연상케 하는 선체 내부를 갖춘 이른바 환상적인 꽃배가 되어 제1막의 모습과 대조를 이루게 된다. 여기에서 네덜란드인은 제1막과 같은 모습으로 이번에는 꽃사슬에 묶여 있다가 배 밖으로 나와 젠타의 포옹을 받는다.

유령선의 두 모습이 보이는 이러한 과장된 대조는 비단 여기에서 뿐 아니라, 공연 전체를 지배한다. 경쾌한 선율과 함께 가장 안정된 색감을 보여주는 제2막 서두의 물레 잣는 동네처녀들의 장면에서도 무대는 17세기의 프랑스 화가 조르주 드 라 투르Georges de La Tour가 그린 〈목수 성 요셉〉(1640년 즈음)이나, 루이 르 냉Louis Le Nain이 그린 〈농부 가족〉(1643년 즈음)을 연상케

하는 강한 명암 대조로 표현된다.

바그너의 〈네덜란드인〉은 전통적인 요소를 바탕으로 하면서 바그너 자신의 개인적인 모습을 드러내준다. 그렇기에 바그너의 전기를 쓴 저명한 평론가 한스 마이어가 해석한 대로 이를 예술가극, 즉 예술가 자신의 생애와 사고가 중심 주제가 되는 연극의 범주에 넣는 것은 전혀 무리가 없다. 여기에서뿐 아니라, 그 뒤 일련의 작품들에서도 우리는 한 천재가 자신을 둘러싼 인습적인 생활과 예술 개념, 그리고 도덕 개념들과 일으키는 갈등을 읽어낼 수 있다. 천재적 예술가는 질문이나 증명을 필요로 하지 않는 절대적인 충절을 요구한다. 천재로서의 그의 생활양식 자체만으로 족하다.

2013년은 바그너 탄생 200주년을 맞아 여러 가지 행사가 있을 듯하여 한 대목을 풀어본 것이 너무 길어졌다. 참고로 지브란은 바그너가 세상

을 떠난 해에 태어났다. '떠돌이'는 사실상 하나
의 시대정신이었기도 하다.

25

크나큰 동경憧憬

여기 나는 내 형 산과 내 누이 바다 사이에 앉아 있습니다.

우리 셋은 고독 속에서 하나이고, 우리 모두를 하나로 묶는 사랑은 깊고 강하고 또한 기이합니다. 아니, 그것은 내 누이 바다보다 더 깊고, 내 형 산보다 더 강하고, 내 광기보다 더 기이합니다.

태초의 희끄무레한 새벽이 서로를 볼 수 있게 만든 이래, 영겁 위로 영겁의 세월이 흘러갔습니다. 그리고 수많은 세계들의 탄생과 완성 그리고 죽음을 보아왔음에도 우리는 젊고 열망으로 가득 차 있습니다.

젊고 열망으로 가득 찼지만, 우리는 짝이 없고, 아무도 우릴 찾지 않습니다. 서로 떨어지지 않으려고 반쯤 포옹한 채 누워 있을지라도, 우리는 안락하지 않습니다. 억제 못한 욕망과 소모되지 않은 열정을 가라앉힐 안락이 무엇이겠습니까? 내 누이의 침대를 덮어줄 불타오르는 신은 어디로부터 올까요? 내 형의 불길을 어느 홍수가 가라앉힐까요? 그리고 내 심장에 명령할 여인은 누구일까요?

밤의 적막 속에서 내 누이는 잠결에 이름 모를 불꽃신의 이름을 웅얼댑니다. 내 형은 냉정하고 아득한 여신을 불러댑니다. 그러나 나는 잠 속에서 누구를 불러야 할지를 알지 못합니다.

* * *

여기 나는 내 형 산과 내 누이 바다 사이에 앉아 있습니다. 우리 셋은 고독 속에서 하나이고, 우리 모두를 하나로 묶는 사랑은 깊고 강하고 기이합니다. 초29

강

　힘찬 강물이 흘러가는 카디샤 골짜기에서 두 작은 시냇물이 만나 서로 이야기했습니다.

　한 시냇물이 말했습니다. "친구여, 여기까지 어떻게 왔니? 길은 어땠어?"

　다른 시냇물이 대답했습니다. "내 길은 거칠었어. 물방앗간 바퀴는 부서지고, 물꼬를 터서 나를 자기 논밭으로 끌어들인 농부는 죽었어. 나는 우두커니 앉아서 햇볕에 자신들의 게으름을 굽기나 하는 많은 사람들의 오물을 씻어내느라고 힘겹게 싸웠지. 그런데, 네 길은 어땠어, 형제여!"

　그러자 다른 시냇물이 대답했습니다. "내 길은 달랐어. 나는 만발한 꽃들과 부끄러움 타는 버들 사이로 골짜기를 내려갔지. 남녀들이 은빛 잔으로 나를 마셨고, 어린 아이들이 장밋빛 나는 작은 발로 내 물가에서 찰랑댔지. 내 주변에는 온통 웃음이었고, 달콤한 노래들이었지. 네

길이 그토록 불행했다니 참으로 불쌍하구나.”

그 순간 강이 큰소리로 외쳐 말했습니다. “들어오너라. 들어오너라. 우리는 바다로 간단다. 들어오너라. 들어오너라. 더 이상 재잘대지 말고 이제 나와 함께 가자. 우리는 바다로 간다. 들어오너라. 들어오너라. 내 안에서 너희들은 슬펐던지 기뻤던지 모든 방랑들을 잊게 될 거다. 들어오너라. 들어오너라. 너와 나는 우리 어머니 바다의 가슴에 가 닿을 때, 이 모든 일들을 잊게 될 거다.” 유50

연여생각

초간시집의 〈크나큰 동경〉에서 시인은 산과 바다, 그리고 광기가 사랑으로 묶인 한 몸이라고 한다. 산과 바다는 그렇다 쳐도 광기가 그 둘 못지않게 근원적이라는 사고가 눈길을 끈다. 그러나 우리는 이미 여러 차례 그의 광기가 무엇을 뜻하는지 새겨본 까닭에 이러한 표현이 그리 낯설지는 않다. 일종의 근친상간적 관계를 연상케도 하는 이 셋은 제가끔 열망하는 상대가 곁에 있지 않음으로 해서 안락을 누리지 못한다. 더군다나 그 상대가 누구인지조차 막연하다. 아니, 바로 곁에 두고도 이를 의식하지 못하고 있는지도 모른다. 그러면서 억겁의 세월을 견뎌간다. 그 점에서 셋은 하나이자 따로이다. '따로 또 같이'라고나 할까? 이들의 '크나큰 동경'은 어찌해야 채워질 수 있을까?

유고시집의 〈강〉이 그 답을 보여주는 것 같다. 작은 시냇물들은 나름대로 불행과 행복을 느껴왔지만, 이를 뒤로 한 채 다 같이 강물에 뒤섞여 바다로 향한다. 물론 지브란은 이른바 값싼 은혜를 가치 있게 생각하지 않는다. "인간의 의의意義는 성취에 있지 않고 성취하고자 하는 갈망에 있다."는 〈모래와 거품〉(1926)의 구절이 그의 진의에 가까울 것이다.

내가 독일 유학길에 나서면서 그동안 모아놓았던 시문들을 한 데 묶고자 하여 법정法頂스님께 부탁드린 서문에 이런 구절이 있다.

"지난 봄, 그는 나를 몹시 안타깝고 서운하게 하였다. 나의 초암에 마침 양식이 떨어져 아래 절로 양식을 구하러 가고 없는 사이에 그가 찾아왔었다. 비어 있는 암자의 마루 끝에 가도賈島의 시와 남해안에서 주워왔다는 소라껍질만 남겨 놓은 채 가버린 것이다. 인정에 끌리지 않는 게 출가사문出家沙門의 길이라는데, 나는 며칠 동안 옆구리께로 마른 바람 소리를 들었었다."

　가도賈島라면 낯설게 느낄 사람들이 더러 있겠지만, 그는 퇴고推敲라는 숙어와 밀접하게 연관된다. 당唐나라 시인인 가도는 어느 날 "새는 못가 나무에 깃 들고 스님이 달 아래 절문을 민다."〔鳥宿池邊樹 僧堆月下門, 조숙지변수 승퇴월하문〕라는 시를 지어놓고 '문을 민다.'라는 뜻을 위해 퇴堆와 고鼓 두 글자 중 어느 것이 더 좋을까 생각에 생각을 거듭했단다. 생각에 골똘하면서 거리를 걷다가 마을 우두머리〔경윤京尹〕의 행차를 몰라보아 괘씸죄로 끌려갔다. 자초지종을 설명하니 당대 문호文豪 한퇴지韓退之가 듣고 고敲자가 더 좋다하여 이를 따랐다고 한다. 이런 까닭으로 이후 사람들이 글을 거듭 고쳐 쓰는 작업을 '퇴고'라고 이름하였다. 내가 법정께 두고 온 가도의 시는 이러했다.

소나무 아래 동자에게 물으면
스승은 약을 캐러 갔노라고.
다만 이 산중에 있으련만
골마다 구름이라 알 길이 없고나.

이는 가도의 〈심은자불우〉尋隱者不遇라는 시로서, '숨어 있는 사람을 찾으나 못 만나네'라는 의미를 지니고 있다. 문득 시인 류시화가 엮은 법정 잠언집의 한 대목이 떠오른다.

"세상이란 말과 사회라는 말은 추상적인 용어이다. 구체적으로 살고 있는 개개인이 구체적인 사회이고 현실이다. 우리는 보이든 보이지 않든, 혈연이든 혈연이 아니든, 관계 속에서 서로 얽히고설켜 이루어진다. 그것이 우리의 존재이다."

지브란 역시 아마도 이런 경지를 염두에 두고

이 시들을 쓴 것이 아닐까? 서로 한데 엉켜 있어도 외롭기는 마찬가지이지만, 언젠가는 정말로 하나 되는 꿈, 그것이 그가 읊은 〈크나 큰 동경〉과 〈강〉의 본뜻이 아니었을까?

26

풀잎이 말하기를

풀잎이 가을 잎에게 말했습니다. "너는 떨어지면서 그토록 시끄러운 소리를 내는구나! 네가 내 겨울 꿈들을 모조리 흩어 놓고 있잖아!"

가을 잎이 분개해서 말했습니다. "낮은 데 태어나서 낮은 데 사는 주제에! 노래도 못 부르면서 투정만 늘어놓는 물건이! 너는 이 윗 공기 속에서 살지도 못하고 그래서 노래 소리를 낼 수 없는 거야."

그러다 가을 잎은 땅 위에 떨어져 잠들었습니다. 봄이 오자 잎은 다시 태어났습니다 – 그리고 풀잎이 되었습니다.

가을이 오고 겨울잠이 덮었을 때, 그 위로 부는 바람결에 잎들이 떨어지자, 그녀는 자신에게 중얼댔습니다. "오, 이 가을 잎들! 저런 시끄러운 소리를 내다니! 저것들이 내 겨울 꿈을 모두 흩어 놓고 있잖아." 초30

그림자

유월 어느 날, 풀이 느릅나무 그늘에게 말했습니다. "너는 너무나 자주 몸을 좌우로 움직여 내 평화를 훼방 놓고 있어."

그러자 그림자가 대답했습니다. "내가 아냐, 내가 아냐. 하늘을 쳐다 봐, 저기 바람 속에 동으로 서로, 해와 지구 사이로 움직이는 나무가 있잖아?"

풀이 올려다보니, 처음으로 나무가 보였습니다. 그러자 속으로 말했습니다. '어쩌나, 보라구. 저기 나보다 큰 풀이 있네.'

그리고 풀은 잠잠해졌습니다. 유47

붉은 대지

　나무가 남자에게 말했습니다. "내 뿌리들은 붉은 대지 속에 깊이 박혀있습니다. 나는 당신께 내 과일을 드리겠습니다."

　그러자 남자가 나무에게 말했습니다. "우리는 서로 얼마나 비슷한지. 내 뿌리도 붉은 대지 속에 깊숙이 박혀 있단다. 그리고 붉은 대지는 네가 내게 열매를 줄 힘을 준단다. 그리고 붉은 대지는 내게 너로부터 온 열매를 감사하게 받아들이도록 가르친단다." 유31

연여생각

초간시집의 풀잎은 가을이 되어 떨어지는 나뭇잎을 향해 시끄러운 소리를 낸다고 불평한다. 나뭇잎은 높은 곳에 살아보라고, 노래가 절로 나온다고 우쭐댄다. 그러다가 겨울잠을 자고 나니 나뭇잎은 풀잎이 되고, 풀잎은 나뭇잎이 된다. 그러자 풀잎은 나뭇잎이 시끄러운 소리를 낸다고 불평한다.

윤회사상이라 했던가? 이 삶을 단 일회적으로 보고 이에 충실하면 비록 몸은 썩어도 영체 靈体로 부활하여 영원히 산다는 기독교적 믿음과, 현세의 업보에 따라 내세에 다시 미물로, 짐승으로, 또는 인간으로 태어나거나 다시는 거듭 태어나지 않을 경지에 이르러 영겁회귀에서 해탈할 수 있다는 불교적 믿음. 그 둘 가운데 어느 쪽이 인생에 더 큰 보람을 가져올까? 알 수 없는 일이다. 다만 초간시집의 풀잎처럼 자신이 다시 태어날 줄 모르고 상대에게, 결국은 자신의 처지에 불평을 늘어놓는 모습은 그리 행복해보이지 않는다. 그런 점에서 유고시집의 풀잎은 조금 다른 모습이다. 그 역시 자신의 삶을 어지럽힌다고 그림자에게 불평하지만, 그것이 큰 나무 때문이라는 것을 알고는 침묵한다. 그런데 침묵의 원인이 분명하지 않아 보인다. 자신보다 '큰' 풀이어서일까? 아니면, 커봤자 그도 '풀'에 지나지 않는다고 대수롭지 않게 여겨서일까?

《사람의 아들, 예수》에는 산헤드린 공의회의 율법학자 니고데모의 이름으로 "나는 남을 욕하는 잡초가 결코 참나무만큼 자라날 수 없음을 딱하게 여깁니다."라는 구절이 있다. 참나무를 생명의 완성, 한마디로 세계수로 본 풀이같다. 세계수에 대한 이해는 자못 보편적이다. 바그너의 〈니벨룽 족의 반지〉에 등장하는 물푸레나무는 사실상 북구신화에서 따온 것인데, 북구사람들은 이 나무를 세계수라고 불렀다. 그

가지와 뿌리가 세상을 하늘과 지하 세계로 연결한다고 믿었기 때문이다. 서울올림픽 개회식에서 가장 높은 성화대를 장식하여 신성공간을 상징하도록 한 나의 제안도 같은 세계수를 염두에 두었던 것이다. 당시 미술 분야를 담당했던 이만익 화백은 나름대로 부상扶桑이라는 상상의 나무를 만들고자 했다. 푸상〔부상扶桑〕은 저물어 바다 속으로 들어간 태양을 밤새 잡아 두어 만물이 쉴 수 있게 한다는 전설의 나무로 이해되었다. 일설에는 중국 스님 휘셴〔혜심慧深〕이 499년에 기록한 동중국해 너머 2만리 떨어진 곳이라는 풀이도 있는데, 그가 푸상까지 배를 타고 갔다 돌아와서 중국 황제에게 보고하였다는 것이다.

상대적 빈곤감, 또는 상대적 박탈감이라는 용어가 한 때 유행처럼 떠돌았다. 우리 국민들이 절대적 빈곤에서 벗어난 것은 틀림없으나, 그렇다고 더 행복해하지 못하게 하는 원인이 그 때문이란다. 그런가 하면 안빈낙도安貧樂道라는 말도 있다. 가난함에서도 즐거움을 찾을 수 있는 여유로움에 대한 찬사라고나 할까? 이와 같은 경지는 어떻게 가능할까?

유고시집의 〈붉은 대지〉에 나오는 '나무와 사람'이 그 한 모습을 보여주는 것 같다. 자신의 소출을 상대에게 내어주고, 또 상대의 소출을 받아들이면서 이를 근원적으로 가능하게 한 대지에 감사하고, 서로를 인정하는 겸손한 모습. 만일 자신의 성과를 빼앗아간다고 여겨 열매를 모조리 떨어뜨려 버린다거나 좀 더 높은 소득을 바라면서 예컨대 공장을 짓겠다고 과수원을 갈아 없앤다면? 끔찍하다는 생각이 들겠지만, 우리 자신이 혹시 매일 그리하고 있는 것은 아닐까?

눈

눈이 말했습니다. "나는 이 골짜기들 너머 푸른 안개로 가려진 산을 본다. 아름답지 않은가?"

귀가 몸을 기울여서 잠시 동안 집중해서 듣고 나서 말했습니다. "그렇지만 산이 어디 있다는 거야? 나는 그것들을 듣지 못하겠는데."

그러자 손이 말했습니다. "그걸 만져보고 느껴보려고 애썼지만, 쓸데없네. 나는 산을 찾을 수가 없어."

그러자 코가 말했습니다. "산이 어디 있어? 냄새도 안 나는데."

그러자 눈은 다른 데로 눈길을 돌리고, 모두는 눈의 이상스러운 모습에 대해 한참 떠들어대기 시작했습니다.

"눈에 뭔가 문제가 있음에 틀림없어." 초31

무희 舞姬

　언젠가 비르카샤 왕자의 궁정에 악대와 함께 무희가 나타났습니다. 그녀는 궁정에 받아들여졌고, 왕자 앞에서 피리와 현금弦琴에 맞춰 춤췄습니다.

　그녀는 불꽃들의 춤과 칼과 방패들의 춤을 추었습니다. 그리고는 바람 속에 흔들리는 꽃들의 춤도 추었습니다.

　춤을 다 춘 후에 그녀는 왕자의 옥좌 앞에 서서 몸을 숙여 절했습니다. 왕자는 그녀를 가까이 오게 한 뒤 말했습니다.

　"아름다운 여인이여! 우아와 기쁨의 따님이여! 그대의 예술은 어디에서 왔는가? 그대의 운율 안에 깃든 모든 세부들에게 어떻게 명령할 수 있는가?"

　무희는 왕자에게 다시 한 번 절하고 대답했습니다. "권세 있고 기품 있는 것들의 왕이시여! 하문하신 것들에 대한 답을 저는 알지 못하옵니다. 내가 아는 것은 다만 이뿐입니다. 철학자의 영혼은 그의 머릿속에 머물고, 시인의 영혼은 그의 가슴속에 머물며, 가인歌人의 영혼은 그의 목 주변에서 머뭇대듯, 무희의 영혼은 몸 자체 속에 머무옵니다." 유17

연여생각

　사람이 외계를 알아보는 감각을 대체로 오감이라 한다. 보고, 듣고, 냄새 맡고, 만짐으로써 자신을 둘러싼 세계를 알게 된다. 이처럼 직접적 감각을 통해 사물을 인식하는 것을 감성적 인식이라고 한다. 오늘날 미학이라는 말로 통용되는 학문이 어원상으로는 '감성적 인식의 학문'을 뜻했음은 이제 제법 상식화되어 있다. 알렉산더 고트리프 바움가르텐이라는 독일 철학자는 18세기 당시까지 철학에서 '논리적 인식의 학문', 즉 논리학을 최고의 학문으로 대우하며 감성적 인식을 무시하고 하녀 취급하던 관행에 도전하여, 학문 체계의 완성을 위해서라도 당시 이름대로 '저급인식'이 학문적 성찰의 가치를 지닌다고 자신의 대학 졸업논문에서 과감하게 제시해 미학을 철학의 독립된 한 부분으로 정립시켰다. 그런데 그가 실제로 염두에 두고 있었던 것이 바로 시詩였고, 시는 이미 예술체계의 성립과 함께 예술을 대표하는 성격을 지니고 있었으므로, 그가 실질적으로 제안한 것은 예술철학이며, 또한 예술의 목표가 '아름다움'이었기에 미학이라는 이해도 가능했던 것이다.

그런데 그 오감 가운데서도 시각과 청각, 특히 시각은 인간의 인식능력과 직접 연결된다하여 고급감각으로 인정받는 전통이 이미 토마스 아퀴나스의 《신학대전》에도 나타난다. 성경에도 '눈은 마음의 등불'이라는 표현이 있다. 오늘날에도 그렇지만 예수가 살던 시절에는 흙먼지가 많이 났고, 그로 인해 눈병이 잦았다. 심지어는 눈 먼 사람이 흔했던 것과도 무관하지 않을 것이다. 초간시집에서는 그런 '눈'이 다른 감각들로부터 질투를 받고 따돌림을 받고 있다. 오늘날까지 예술이라는 인간 활동이 대체로 눈과 귀를 중심으로 발전되어온 것은 사실이다. 그러기에 더욱이 20세기에 들어서서 다른 감각들의 활동

도 예술의 범주에 넣어야 한다는 요구가 거세진
다. 그래서 토마스 먼로라는 미국학자는 400가지
의 예술을 거론하고, 이에 대해 논문도 쓰고, 저
술도 냈다. 그럴 수 있다. 그러나 지브란의 생각
은 그것이 인간의 인식활동, 아니, 지혜와 연결
될 수 있어야 한다는 전제를 은연중에 인정하고
있는 듯하다.

그렇다고 그가 예술의 가치가 어떤 외부적 가
치에 의존한다고 보지는 않은 것 같다. 유고시집
의 〈무희〉를 통해 이를 분명히 볼 수 있다. 물론
몸에 깃든 아름다움이라는 가치가 발현되려면,
그야말로 피와 땀을 흘릴 정도의 수련이 있어야
한다. 그러나 몸을 예술의 근원으로 보는 견해
가 현대에 들어설수록 더욱 높은 설득력을 가지
는 것 또한 사실이다.

유식한 두 사람

옛날에 아프카르라는 고대도시에 유식한 두 사람이 살고 있었습니다. 그들은 서로 미워하면서 다른 사람의 학식을 깎아 내렸습니다. 그들 가운데 하나는 신들의 존재를 부정했고, 다른 하나는 신을 믿었기 때문입니다. 어느 날 둘은 시장에서 만나, 자신들을 따르는 사람들 한복판에서 말다툼을 벌이기 시작했습니다. 신들의 존재 또는 부재에 관한 논쟁이었습니다. 여러 시간을 입씨름한 뒤 그들은 헤어졌습니다.

그날 저녁 불신자는 성전에 가서 제단 앞에 엎드려 신들에게 그의 제멋대로 산 과거를 용서해 달라고 기도했습니다.

그리고 같은 시간에 신들을 주장했던 다른 하나는 그의 성스러운 책들을 불태웠습니다. 그는 불신자가 되었기 때문입니다. 초32

일신과 다신

킬라피스 시 안에 소피스트 한 명이 사원 계단 위에 앉아 많은 신들을 설교했습니다. 사람들이 마음속으로 말했습니다. "우린 이 모두를 잘 알지. 이것들은 우리와 함께 살면서 우리가 어디를 가든지 뒤따르지 않나?"

얼마 안 있어 다른 사람이 장터에 서서 사람들에게 말했습니다. "신은 없다."

그 말을 들은 많은 사람들이 그의 선포에 기뻐했습니다. 왜냐하면 그들은 신들을 두려워했기 때문입니다.

또 다른 대단한 말솜씨를 가진 사람이 왔습니다. "오로지 한 분의 신만이 계시다." 그러자 사람들은 당황했습니다. 왜냐하면 그들은 마음속으로 유일신의 심판을 다신多神들의 심판보다 더 두려워했기 때문입니다.

같은 계절에 다른 남자가 또 왔습니다. 그가 사람들에게 말했습니다. "세 신들이 계신데, 그

들은 바람 위에 함께 불처럼 거하신다. 신들은
넓고 자애로운 어머니를 모시고 있는데, 그분은
신들의 짝이기도 하고, 누이이기도 하다."

모든 사람들은 안심했습니다. 그리고 비밀스
럽게 속삭였습니다. "하나이신 세분 신들이 우
리의 잘못에 대해 서로 일러바치지 않을 것이고,
그 밖에도 자비로우신 어머니가 우리같이 가난
한 약자들을 위해 변호해 주실 테니까."

그러나 오늘날에도 킬라퍼스 시에는 다신과
무신, 유일신과 삼위일체 신 그리고 신들의 자비
로운 어머니에 관해 말하는 사람들이 있습니다.
유40

연여생각

초간시집의 〈유식한 두 사람〉은 신의 존재와 부재에 대해 나름대로 많은 지식을 가지고 있고, 이를 다른 사람에게 설득하는 능력도 가지고 있다. 그러나 정작 자신들은 스스로의 지식에 대해 확신이 없다. 그래서 집으로 돌아와서는 자신의 믿음을 저버린다. 하기야 누군들 신을 지식으로 증명할 수 있으랴! 임마누엘 칸트가 이성을 통해 신의 존재를 증명할 수 있다는 데카르트를 참람하다고 비난하면서, 자신의《순수이성비판》서문에 이 책을 집필하게 된 동기를 밝힌 바 있다. 곧, 인간의 이성을 철저하게 비판하여 지식의 한계를 밝히는 동시에, 이를 넘어서는 경지, 곧 신앙에게 길을 열어주기 위함이라는 것이다. 물론 이때의 지식은 인간의 감성과 이성(오성), 그리고 양자를 연계하는 구상력이 모두 동원되어 자연으로부터의 촉발을 개념으로 바꾸어놓는 인간의 내재적 작업을 의미한다.

그의 철학을 코페르니쿠스적 전환이라 하는 것
도, 하늘이 아니라 땅이 돌아간다〔地動說〕고 한
코페르니쿠스의 이론과 흡사하게, 인간 지식의
주체적 성격을 강조하는 칸트의 특징을 나타내
기 위함이다. 그렇기 때문에 그는 인식의 대상이
되는 물 자체〔Ding an sich〕는 알 수 없노라고 일종
의 불가지론을 전개한다.

유고시집의 〈일신과 다신〉 역시 비슷한 상황
을 보여준다. 물론 그의 시는 "그러나 오늘날에
도 킬라피스 시에는 다신과 무신, 유일신과 삼
위일체 신 그리고 신들의 자비로운 어머니에 관
해 말싸움하는 사람들이 있습니다." 라고 아주
풍자적으로 끝맺고 있다. 굳이 지브란을 무슨
주의자라고 해야 한다면, 범신론적 자연주의자
라고 할 수 있을까? 지브란의 평전 《레바논에
서 온 이 사람》(1945)을 쓴 바바라 영에 따르면,
일곱 개만 빼놓고 모든 어휘를 잊어버리라고 강

요당할 경우, 지브란은 간직해야 할 마지막 단
어로 '대지'를 꼽았다고 한다. 그런 의미에서 지
브란은 '자연의 아들'로서, 인간과 자연의 참된
관계를 세우기 위해 애썼다는 평가(이종욱)는
옳아 보인다.

"완전한 세계"

잃어버린 영혼들의 하느님이시여, 신들 사이에서 길 잃은 그대여, 내 말을 들으소서.

우리, 방랑하는 미친 영혼들을 지켜보는 부드러운 운명이시여, 내 말을 들으소서.

완전한 종족 속에 머물지만, 나는 가장 불완전합니다.

인간적 혼란, 혼돈된 요소들의 별 떨기인 나는 완전한 세계들 속으로 움직입니다. 완전한 별들과 순수한 질서의 사람들, 그들의 생각은 정돈되고, 그들의 꿈은 잘 배열되고, 그들의 전망은 생명록에 등록되고 기재되어 있습니다.

그들의 덕성은, 오, 하느님, 측량되고 가늠되고, 죄도 덕성도 아닌 희미한 여명 속에 스쳐가는 무수한 것들조차 기록되고 목록화 되었습니다.

이제 낮들과 밤들은 행위의 사계로 구분되고 흠 잡을 길 없이 정확한 규칙들에 따라 다스려

집니다.

먹고, 마시고, 잠자고, 자신의 알몸을 덮고, 맞춰진 시간에 피곤해집니다.

일하고, 놀고, 노래하고, 춤추다가, 시계가 시간을 알리면 조용히 눕습니다.

이렇게 생각하고, 이렇게 많이 느끼다가, 어떤 별이 저 멀리 지평선 위로 떠오르면 생각과 느낌을 멈춥니다.

미소를 띠며 이웃의 것을 도둑질하고, 손의 우아한 움직임과 함께 선물들을 건네주고, 조신하게 찬양하고, 조심스레 불평하고, 말로 영혼을 파괴하고, 숨길로 육체를 불태우다, 낮의 일이 이루어지면 두 손을 씻습니다.

정해진 질서에 따라 사랑하고, 예상된 방식으로 최고의 자아를 즐겁게 하고, 신들을 적당하게 예배하고, 악마들을 교묘하게 골탕 먹이고 – 그리고는 기억이 죽어버린 것처럼 모든 것을 잊습니다.

동기가 있으면 공상하고, 신중하게 명상하고, 달콤하게 행복해지고, 우아하게 고통당하고 - 그리고는 내일이 다시 채울 수 있도록 잔을 비웁니다.

이 모든 일들이, 오, 하느님, 미리 앞질러 생각되고, 결단성 있게 태어나고, 정확하게 돌보아지고, 규칙들에 따라 다스려지고, 이성에 따라 인도되고, 처방된 방식으로 도살되어 매장됩니다. 인간의 영혼 안에 놓인 그것들의 조용한 무덤들까지도 표지가 붙어 헤아려집니다.

그것은 완전한 세계, 극도로 뛰어난 세계, 지고한 경이들의 세계, 하느님의 정원에서 가장 잘 익은 과일, 우주의 걸작적 사고입니다.

그러나 오, 하느님, 왜 내가 여기 있어야 합니까, 채워지지 않은 열정의 녹색 씨알인 내가? 동쪽도 서쪽도 아닌 것을 찾는 광풍, 불태워진 행성으로부터 떨어진 채 방황하는 단편인 내가?

　왜 내가 여기에 있습니까? 오, 잃어버린 영혼
들의 하느님이시여, 신들 사이에서 길 잃은 그대
여! 초35

또 하나의 떠돌이

옛날에 나는 다른 떠돌이를 만났습니다. 그 역시 조금 돌았고, 그래서 내게 말했습니다. "나는 떠돌이입니다. 종종 나는 난쟁이들 사이로 걷고 있는 것 같습니다. 내 머리는 다른 사람들보다 땅에서 칠십 큐빗(약 5백 미터)이나 멀리 떨어져 있어서 더 높고 더 자유로운 생각들을 만들어 냅니다."

"그러나 사실 나는 사람들 사이가 아니라, 그들 위로 걷습니다. 그리고 그들이 내게서 보는 것은 자신들의 멀건 등판에 찍힌 내 발자국들뿐입니다."

"그리고 종종 나는 그들이 내 발자국들의 모양과 크기에 대해 논의하고 또 다투는 소리를 듣습니다. 그들 가운데 일부는 '이것들은 아주 옛날 땅과 하늘을 배회하던 맘모스의 흔적이야!'라고 말합니다. 그러면 다른 사람들은 '아니야, 이것들은 별똥별들이 먼 별들로부터 떨어진 장소들이야!'라고 말합니다."

  "그러나 그대, 나의 친구여. 그대는 그 사람들이 한 떠돌이의 발자국들에 불과하다는 것을 너무나 잘 알고 있지요." 유52

연여생각

시인 지브란이 무슨 의도로 초간시집 《미친
놈》의 〈"패배"〉라는 시와 마찬가지로 마지막 시
〈"완전한 세상"〉에 강조 표시로 보이는 따옴표
를 붙였는지는 알 수 없다. 하지만 제목과는 달
리 그 세상은 오히려 너무나 불완전해 보이면서
유고시집 《떠돌이》의 마지막 시 〈또 하나의 떠
돌이〉의 경지와 무관해 보이지 않는다. 마치 난
쟁이들처럼 불완전해 보이는 사람들을 훌쩍 뛰
어올라 제멋대로 떠도는 존재, 그 떠돌이가 결
국 미친놈이다. 그의 이야기는 이후로도 계속되
어 그의 유고시집의 제목이 된다. 독일을 대표하
는 현대철학자 마르틴 하이데거(1889~1976)는 나
치와의 관계로 말미암아 논란의 대상이 되고 있
지만, 그가 말하고자 한 본래적 존재에 대한 이
론은 참고할 만하다.

"타인과 관계하는 이상, 자아는 자신과 더불어 있

는 타인의 요구에 종속되어 존재한다. 나는 그들과 함께 있는 나이다. 타인과 공통적인 존재양식을 갖지만, 그것은 나 자신의 고유한 현존재를 망각하는 비본래적인 존재양식이다. 타인은 몰개성적이고 익명성을 갖는 집단으로서의 대중이며, 그것이 바로 타인의 힘이다. (대중성에서 벗어나기를 두려워하는) 인간은 평균화를 벗어나지 못하며, 잡담, 낙서, 호기심에 빠져 고유의 현존재성이 퇴락한 결과가 자기소외다. 타인에게 지배된 세계에 몰입함으로써 자기와 세계의 사멸을 망각하고 비본래적인 방식으로 살아가는 것은 자기의 실존과 실존의 근본문제를 회피하기 위한 수단에 지나지 않기 때문이다. 대중사회, 산업사회의 불행은 여기서 시작된다." 김동수, 〈21세기에 보는 20세기 사상지도-하이데거 편〉, 《경향신문》, 2012. 3. 9.

이 세상과 그 속에 안주하는 자아를 불완전하게 보고 본래적인 자아를 찾으려는 현존Dasein

이라는 의미에서 ‘미친놈’과 ‘떠돌이’는 결국 같
다고 볼 수 있다.

제 2부

| 1 |

두 왕자비

샤와키스라는 도시에 왕자님이 한 분 계셨습니다. 그는 남녀노소할 것 없이 모두에게서 사랑을 받았습니다. 들판의 짐승들조차 그를 반기며 다가왔습니다.

그러나 모든 사람들이 그의 부인, 왕자비가 그를 사랑하지 않는다고, 아니 심지어는 그를 미워한다고 말했습니다. 어느 날 이웃 도시의 왕자비가 샤와키스의 왕자비를 방문하러 왔습니다. 그리고 그들은 자리에 앉아 이야기를 나누었고, 이야기는 그들의 남편들로 이어졌습니다.

샤와키스의 왕자비가 열정적으로 말했습니다. "나는 당신이 결혼한 지 오래 되었는데도 남편 되는 왕자님과 행복하게 지내는 게 부러워요. 나는 내 남편을 미워해요. 그는 오롯이 내 것이 아니에요. 나는 세상에서 가장 불행한 여자에요."

그러자 방문 중인 왕자비가 그녀를 물끄러미

바라보고는 말했습니다. "친구여, 진실로, 당신
은 당신 남편을 사랑하고 있어요. 아니, 당신은
아직도 그를 위해 마르지 않은 열정을 갖고 있
어요. 이는 정원 속의 샘 같은 여자의 삶이지요.
나와 내 남편은 불쌍해요. 우리는 침묵의 인내
속에 서로를 견딜 뿐이에요. 그런데도 당신이나
다른 사람들은 이걸 행복으로 생각하죠." 유7

왕홀王笏

왕이 그의 부인에게 말했습니다. "부인, 당신은 참으로 왕비의 재목이 아니구려. 당신은 나의 반려가 되기에는 너무나도 천박하고 우아하지 못해."

그의 부인이 말했습니다. "그래요? 당신은 스스로 왕이라고 생각하는 모양인데, 당신이야말로 참으로 불쌍한 소리통에 불과해요."

왕은 이 말에 화가 나서 손에 왕홀을 쥐고 황금 왕홀로 왕비의 앞머리를 내리쳤습니다.

그 순간 수상이 들어오면서 말했습니다. "자, 자, 폐하. 그 왕홀은 이 나라에서 가장 위대한 예술가가 만들었습니다. 슬프게도 훗날 왕과 왕비께옵서는 잊혀지더라도, 이 왕홀은 아름다운 보물로 세대와 세대로 이어 보존될 것입니다."

"이제 폐하께서 왕비 폐하의 머리에서 피가 흐르게 하셨으니, 폐하, 그 왕홀은 더욱 많은 생각과 추억을 불러일으킬 것입니다." 유43

연여생각

　두 시 모두 왕족에 관한 이야기를 담고 있다. 흔히들 왕 또는 왕족은 모든 권력을 쥐고 있고 많은 것을 소유하고 있으므로 행복할 것이라고 생각한다. 그런데 여기에 나오는 왕족들은 한결같이 불행하다.

　〈두 왕자비〉의 경우, 첫째는 왕자가 자기만의 것이 아니라는 생각에 그를 미워한다. 그러나 둘째는 오히려 미움도 애정의 한 표현이라는 듯 자신들의 침묵을 한탄한다. 사랑과 행복이란 너무나도 주관적인 것임에 틀림없다. 이 상태로라면 샤와키스의 왕자비를 방문한 이웃 도시의 왕자비 부부는 장차 어떻게 될까? 두말할 여지없이 〈왕홀〉에 나오는 부부처럼 될 것이다. 폭력으로써 상대를 공격하고 또한 응수할 것이다. 그런데도 수상으로 대표되는 세상 사람들은 이와 같은 상태를 단순한 이야깃거리로 즐기고, 둘의 관계에 대해 터무니없는 소문을 숱하게 만들어낼 것이다.

2

눈물과 웃음

해질녘 나일강 언덕 위에서 하이에나와 악어가 만나 걸음을 멈추고 서로 인사를 나누었습니다.

하이에나가 말했습니다. "어떻게 지내시는지요? 악어님."

악어가 대답했습니다. "아주 좋지 않아. 때로 고통과 슬픔에 젖어 울기도 하지. 그러면 다른 놈들이 떠들어대지. '그건 악어의 눈물일 뿐이야' 그 말이 무엇보다 내게 상처를 주지."

그러자 하이에나가 말했습니다. "당신은 자신의 고통과 슬픔을 말씀하시지만, 나를 보세요. 나는 세계와 아름다운 놀라움과 기적들을 응시하고 순수한 기쁨으로 웃지요. 그러면 이 정글의 사람들은 말합니다. '저건 하이에나의 웃음일 뿐이야.'" 유5

보름달

　보름달이 영광 중에 마을 위로 떠올랐습니다. 그러자 그 마을의 온갖 개들이 달을 보고 짖어 대기 시작했습니다. 오직 한 마리 개만 짖지 않고 근엄한 목소리로 다른 개들에게 말했습니다. "그녀의 잠으로부터 침묵을 깨우지 말라. 그리고 네 놈들의 짖어댐으로 달을 땅에 옮기지도 말라."

　그러자 온갖 개들이 짖기를 멈추었고 무시무시한 침묵이 깔렸습니다. 그러나 그것들에게 호통 쳤던 개만은 계속해서 침묵하라고 짖었습니다, 밤새도록 내내. 유32

연여생각

　서양 우스갯소리에 '악어의 역설'이란 것이 있다. 악어가 어린 아이를 입에 물고 그 어미에게 자신이 어떻게 할지를 알아맞히면 아이를 내주겠노라고 말했다. 어미가 먹어치울 것이라고 답하고 나서 자신이 제대로 맞혔으니 이제 아이를 돌려달라고 했다. 이에 악어는 자신이 아이를 돌려주면 당신이 틀린 것이니 돌려줄 수 없다고 응수했다. 500년도 더 지난 옛날에 르네상스를 대표하는 인문학자 에라스무스의 《우신예찬》에 등장할 정도로 오랫동안 악어는 이렇게 흉물스럽게 여겨졌다. 그러니 악어의 눈물이 위선을 의미할 수밖에. 하이에나의 웃음도 마찬가지이다. 마음속에 슬픔과 고통이 가득 차서 눈물을 흘리는데도 세상은 악어의 흉악한 겉모습만 보고 이를 진심으로 받아주지 않는다. 하이에나가 진심으로 세계의 아름다운 놀라움과 기적들을 경탄하여 진심으로 웃음을 터뜨린다 해도 세상은 그저 흉측한 소리로 여길 뿐, 이를 진심으로 받아들이지 않는다. 억울함을 호소하면, 사람들은 "평소에 잘 하지."라고 비아냥댈 것이 분명하다.

개의 경우도 비슷하다. 보름달이 떠오르자 동네 개들이 일제히 짖어대는데, 외로운 늑대라면 동료들에게 자신의 위치를 알리기 위해서이거나, 늑대인간이라면 숨어있던 수성獸性이 달의 인력에 의해 밖으로 이끌려 나와서라고나 하겠지만, 동네 개들은 필시 반갑다는 뜻일 수도 있다. 그런데 그중 하나가 다른 개들을 꾸짖는다. 짐작컨대 그 가운데 덩치가 큰 놈이리라. 침묵이 깔릴 수밖에. 문제는 남들 보고 조용히 하라면서 자기는 밤새 짖어 댄다는 데 있다. 분명히 제 소리는 시끄럽지 않다고 여기고 있음에 틀림없다. 아마 노래 소리로 들렸으면 하는 것 같은데, 어림없어 보인다.

우리나라 탈춤 대사에 '개에게도 오륜五倫이

있다.'는 주장으로 다른 양반들을 욕보이는 장면
이 있다. 다른 것은 생략하고, 양반들이 숭상하
는 도덕체계 즉 오륜 안에 붕우유신朋友有信, 즉
친구간에 믿음이 있다는 증거로 한 놈이 짖으면
동네 개들이 따라 짖지 않는냐 하고 희롱하는
대목이 있는데, 이 개는 그런 의리도 없나보다.

3

모래 위에

한 사람이 다른 사람에게 말했습니다. "옛날 옛적에 바다가 만조였을 때, 나는 모래 위에 지팡이 끝으로 한 줄 적었습니다. 사람들은 아직도 멈춰 서서 그 글을 읽고 있지요. 그 사람들은 그 글에서 아무 글자도 지워지지 않도록 조심한답니다."

그러자 다른 사람이 말했습니다. "나 역시 모래 위에 한 줄 적었지요. 그러나 그때는 간조여서 곧 광대한 바다 물결이 그것을 쓸어 가버렸습니다. 그러나 말씀해 주십시오. 도대체 무얼 쓰셨나요?"

먼저 사람이 대답했습니다. "나는 이렇게 썼습니다. '나는 존재하는 바로 그이다.' 그런데 당신은 무엇을 쓰셨나요?"

그러자 다른 사람이 말했습니다. "나는 이렇게 썼습니다. '나는 이 큰 바다의 물방울 하나에 불과하다.'" 유14

시 두 편

　오랜 옛날에 아테네로 가는 길에서 두 시인이 만났습니다. 그들은 서로의 만남을 기뻐했습니다. 한 시인이 다른 시인에게 말했습니다. "근래에 무슨 작품을 쓰셨나요? 선생의 서정시는 잘 되어 가지요?"

　다른 시인이 자랑스럽게 말했습니다. "나는 요사이 내가 쓴 시들 중에서 가장 위대한 시를 끝마쳤소. 아마도 그리스에서 씌어진 시들 중에서 가장 위대한 시일 게요. 최고의 신 제우스께서 도우신 겁니다."

　그리고 그는 외투 밑에서 양피지 두루마리를 꺼냈습니다. "보시오. 여기 이렇게 몸에 지니고 왔소. 선생께 기꺼이 읽어드리리다. 자, 저 흰 삼나무 그늘에 앉읍시다."

　그러자 다른 시인은 그의 시를 읽었습니다. 한 시인이 친절하게 말했습니다. "대단한 시입니다. 오랫동안 살아남아 선생에게 영광을 돌릴

만합니다.”

다른 시인이 시인에게 조용히 물었습니다. “그래, 선생께선 요즈음 무얼 쓰셨나요?”

그러자 한 시인이 대답했습니다. “별로 쓰지 못했습니다. 정원에서 노는 아이를 추억하는 여덟 행에 불과합니다.” 그리고 그는 그 시행들을 읽었습니다.

다른 시인이 말했습니다. “그리 나쁘지 않군요. 그리 나쁘지 않아요.”

그리고 그들은 헤어졌습니다.

이제 2천 년이 지난 뒤 한 시인의 팔행시는 누구에게나 읽히고, 사랑받고, 소중하게 여겨졌습니다. 그러나 다른 시는 참으로 오랜 세월을 견뎌 내려오긴 했지만, 도서관이나 학자들의 독방 속에 놓여진 채, 비록 기억되기는 하지만, 사랑 받지도, 읽히지도 않습니다. 유35

두 시에 모두 각각 두 사람이 등장한다. 〈모래 위에〉 경우, 그중 하나는 자신을 위대하다고 생각하고, 다른 하나는 자신을 "이 큰 바다의 물방울 하나"에 불과하다고 겸손하게 말한다. 그러나 불가에서 말하는 대로 바닷물 맛이 짠지 어떤지를 알기 위해 바다를 온통 다 마셔야 하는 것이 아니라 손끝에 묻힌 한 방울이면 된다고 생각할 때, 스스로를 겸허히 생각하는 사람이 오히려 더 큰 존재일 수 있다. 여기에 나오는 '나는 존재하는 그이다.'는 구약의 모세를 연상시킨다. 그가 "네가 선 곳은 거룩한 곳이니 신을 벗어라."는 소리에 순종하여 타지 않으면서 불길이 솟는 떨기나무 앞에 무릎을 꿇는다. 이스라엘 백성들을 풀어내라는 명을 듣고 "도대체 누가 나를 보냈다고 하리까?" 물으니 불 속에서 소리가 난다. "나는 나다."I am that I am.

〈시 두 편〉에서는 시인이 두 명 등장하는데,

하나는 스스로 가장 위대한 시를 썼노라고 호언
장담하는데 반해, 다른 하나는 보잘 것 없는 여
덟 행 짜리 밖에 못 썼노라고 스스로를 낮춘다.
그러나 오랜 세월이 지난 뒤에 보니, 전자는 도
서관에 처박혀 있을 뿐이지만, 후자는 많은 사
람들의 사랑을 받는다. 당신이라면 당신의 생애
로 어떤 시를 쓰겠습니까?

교환

옛날에 가난한 시인과 부유한 바보가 십자로에서 만나 이야기를 나누었습니다. 그들은 제 처지에 대해 온통 불평을 늘어놓을 뿐이었습니다.

그때 길의 천사가 그 옆을 지나가게 되었습니다. 그리고 두 손을 두 사람의 어깨에 올려놓았습니다. 그러자, 보십시오. 기적이 일어났습니다. 그 두 사람은 이제 자신의 소유를 서로 바꾸게 되었습니다. 그리고 곧 헤어졌습니다.

그러나 이상하게도 시인이 손을 펴 보니 마른 모래가 흘러내릴 뿐이었습니다. 그리고 바보는 두 눈을 감고 가슴속에서 움직이는 구름을 느낄 뿐이었습니다. 유20

황금 허리띠

옛날 옛적 어느 날 길에서 만난 두 사람이 함께 그리스의 도시 살라미스를 향해 걷고 있었습니다. 오후 한때 그들은 넓은 강에 도착했는데, 강을 건널 다리가 없었습니다. 그들은 헤엄을 치거나, 모르는 다른 길을 찾아야 했습니다.

그들은 서로에게 말했습니다. "헤엄을 칩시다. 강이 그리 넓지는 않군요."

그리고 그들은 물속으로 뛰어들어 헤엄을 쳤습니다. 언제나 강들과 그 물길을 잘 알고 있던 그들 가운데 한 사람이 강 한복판에서 갑자기 허둥대더니 밀려오는 물결에 떠내려갔습니다. 반면에 한 번도 헤엄쳐 본 일이 없는 사내는 강을 곧잘 건너 조금 먼 강둑 위에 섰습니다. 그는 동행자가 아직도 물결과 싸우고 있는 것을 보고, 다시금 물속으로 뛰어들어 그를 안전하게 기슭으로 옮겼습니다.

그러자 물결에 휩싸였던 남자가 말했습니다.

“그러나 당신은 내게 헤엄칠 줄 모른다고 말하지 않았습니까? 그런데 어떻게 그렇게 어김없이 저 강을 건널 수 있었나요?”

그러자 둘째 남자가 말했습니다. “내 친구여! 당신은 나를 묶고 있는 이 허리띠가 보이시나요? 여기엔 내가 내 집사람과 아이들을 위해 한 해 동안 벌 수 있는 대로 벌어 모은 금화가 가득합니다. 나로 하여금 길을 건너 내 집사람과 아이들에게로 옮겨 준 것은 이 황금허리띠입니다. 내가 헤엄칠 때 내 집사람과 내 아이들이 내 두 어깨에 있었습니다.”

그리고 두 사람은 다시 살라미스를 향해 함께 걸었습니다. 유30

연여생각

　　유고시집의 두 시 모두 소유와 관계가 있다. 〈교환〉에서는 가난뱅이 시인과 부자 바보가 서로의 처지에 만족하지 않고 불평을 늘어놓자 지나가던 천사가 둘의 소유를 바꿔놓는다. 그러나 가난뱅이 시인은 마른 모래뿐 여전히 아무것도 손에 쥐지 못하고, 바보 부자 역시 아무 쓸모없는 뜬구름만 느낄 뿐이다. 시인이라면 모름지기 소유보다 뜬구름 같은 시상에 더 만족해야 했고, 아무리 바보라지만 부자라면 마땅히 아무리 많은 금은보화라도 자신의 생명이 끝나면 한갓 모래에 불과하리라는 것을 깨달았어야 했다. 자신의 현재에 만족하지 못할 경우, 더 좋아보이는 것을 손에 넣을지라도 이에 만족할 수 없는 법이다.

　　〈황금 허리띠〉의 뜻은 선명하지 않다. 금화로 가득 찬 허리띠라면 그 무게 때문에 헤엄을 잘 치는 사람조차 더 힘들어야 당연할 텐데 평소에 헤엄을 칠 줄 모르는 사람이 오히려 더 가뿐히 강을 헤엄쳐 건넜다니, 아무래도 소유가 문제가 아니라 그 소유로 무엇을 할 것인지가 더 문제라는 귀띔처럼 들린다. 칸트는 인간이 수단이 아니라 목적 자체라고 갈파한다. 그리고 이러한 요구에 부응하는 곳을 '목적의 왕국'이라 불렀다. 하물며 가족이랴! 지브란은 술과 도박으로 물려받은 포도밭마저 날린 자신의 아버지가 아마도 가부장적 권위의식 때문에 동행을 거부하는 바람에 어머니와 함께 네 형제가 낯선 미국으로 이민을 떠났지만, 여전한 가난과 질병으로 누이동생 하나만 남는 비극을 몸으로 겪어야 했다. 아마도 그와 같은 경험이 그로 하여금 독신으로 죽어가도록 만들었는지도 모른다. 〈황금 허리띠〉에 등장하는 사내는 이와는 대조적으로 가족을 위해 위험을 무릅쓴다. 이것은 소유의 문제가 아니다.

5

조각상

언젠가 언덕들 사이에 고대의 대가가 만든 조각상을 소유한 사내가 살았습니다. 그것이 그의 문 앞에 얼굴을 땅에 댄 채 떨어져있었는데, 그는 이를 아무렇지도 않게 대했습니다.

어느 날 도시에서 온 사람 하나가 그 집 앞을 지나갔습니다. 그는 학식이 많은 사람인데, 그 조각상을 보고 그 소유주에게 그것을 팔지 않겠느냐고 물었습니다.

소유주는 크게 웃으면서 말했습니다. "저렇게 멍청하고 더러운 돌덩이를 사겠다고 간청하다니!"

도시에서 온 남자가 말했습니다. "그 대신 이 은전을 드리겠습니다."

소유주는 놀라고 기뻐했습니다.

조각상은 코끼리 등 위에 얹혀 도시로 옮겨졌습니다. 몇 달이 지난 후, 남자가 몇 개의 언덕을 넘어 먼젓 도시를 방문했습니다. 거리를 걷고 있을 때, 그는 상점 앞에 모여 있는 군중을 보았습니다. 그중 한 사람이 커다란 목소리로 외치고 있었습니다. "들어와서 전 세계에서 가장 아름답고, 가장 놀라운 조각상을 보시오. 아주 굉장한 대가가 만든 이 작품을 보는 데 단돈 은전 두 닢이오."

그래서 언덕들을 넘어온 그 사내도 은전 두 닢을 내고 상점으로 들어가 그 조각상을 보았습니다. 그건 그 자신이 은전 한 닢에 판 것이었습니다. 유19

오래고 오랜 포도주

옛날에 부자가 살았는데, 그는 자신의 술 창고와 그 속에 든 포도주를 아주 자랑스럽게 여겼습니다. 거기에는 그만 알고 있는, 특별한 기회를 위해 보관된 포도주 항아리가 있었습니다.

나라의 총독이 그를 방문했습니다. 그는 혼자 생각에 잠겼다가 말했습니다. "총독 따위를 위해 저 항아리를 딸 수는 없어."

그리고 교구의 주교가 그를 방문했습니다. 그는 스스로에게 말했습니다. "아니야, 저 항아리를 열지 않을 거야. 그는 그 가치를 알지 못하고 그 향기를 제대로 맡지도 못할 거야."

지역의 왕자가 와서 그와 함께 저녁을 먹었습니다. 그러나 그는 생각했습니다. "일개 소공자에겐 너무나도 왕자다운 포도주야."

그리고 어느 날 그의 조카가 결혼식을 올렸지만, 그는 혼자 생각했습니다. "아니야, 이 손님들에게 그 포도주 항아리를 가져다 줄 수는 없어."

그리고 몇 해가 지나 그 노인은 죽었습니다. 그는 모든 씨앗과 도토리처럼 땅에 묻혔습니다.

그가 묻히던 날, 이웃 농부들이 오래된 항아리도 다른 항아리들과 함께 실어 내와 함께 마셔 버렸습니다. 아무도 그 위대한 가치를 알지 못했습니다. 그들에게는 모두가 그저 잔에 부어지는 포도주일 뿐이었습니다. 유34

연여생각

　두 시는 아주 대조적인 상황을 보여준다. 〈조각상〉에서는 자신의 소유가 지닌 가치를 알지 못해 이를 비웃으며 헐값에 팔아 넘겼는데, 소유는커녕 한 번 보기만 하는데도 두 배의 대가를 치러야 한다.

　〈오래고 오랜 포도주〉에서는 자신의 소유를 너무나 귀하게 여겨 자신도 못 마시고, 나라의 총독에게도, 주교에게도, 왕자에게도, 결혼하는 조카의 잔치에도 내놓지 못하다가 그만 세상을 뜬다. 그가 묻히던 날, 아무도 그 가치를 알지 못한 채, 이웃 농부들이 오래된 항아리도 다른 항아리들과 함께 실어내와 함께 마셔 버렸단다. 노인이 알았다면, 그야말로 땅을 칠 노릇이다. 어찌하랴, 인명은 재천在天인 것을!

　우리는 차츰 교환가치만을 숭상하고, 본유가치는 무시하는 풍조에 젖어있다. 그러나 진정한 가치는 남과 더불어 나눔에 있는 것은 아닐까?

6

미치광이

나는 어느 정신병원의 정원에서 한 젊은이를 만났습니다. 그의 얼굴은 창백하고 사랑스러우면서도 경이로움으로 가득 차 있었습니다.

나는 벤치에 앉아 있는 그의 옆에 앉아 말을 건넸습니다.

"왜 여기에 들어왔지요?"

그는 놀란 빛으로 나를 바라보았습니다.

"적절하지 못한 질문이지만, 대답하지요. 아버지는 나를 자신의 복제품으로 만들려 했습니다. 삼촌도 똑같은 생각을 했지요. 어머니는 내가 훌륭한 외할아버지를 닮았으면 했습니다. 누님은 선원인 남편을 내 완벽한 표본으로 내세웠고요. 형은 나도 자기처럼 뛰어난 운동선수가 되어야 한다고 생각했습니다.

선생님들 또한 그렇게 생각했어요. 철학박사, 음악교사, 논리학자 역시 내가 거울에 비친 자신들의 얼굴을 닮아야 한다고 단호하게 말했지요.

그래서 이곳에 왔습니다. 여기 사람들이 저보다 훨씬 더 제 정신이라는 걸 알게 되었지요. 적어도 나는 내 자신으로 남아 있을 수 있어요."

그러고는 갑자기 나를 향해 되물었습니다. "대답하세요. 당신도 교육과 훌륭한 충고 때문에 이곳으로 쫓겨왔나요?"

나는 대답했습니다. "아니오. 나는 그저 방문객일 뿐입니다."

그가 말했습니다. "아, 당신은 담 저쪽 정신병원 사람들 중 하나군요." 유23

사랑 노래

한 시인이 언젠가 사랑 노래를 썼는데, 아주 아름다웠습니다. 그래서 그는 이 노래를 많이 복사해서 자신의 남녀 친구들과 친지들에게 보냈습니다. 심지어는 그가 한 번밖에 보지 못한 여인에게까지 보냈습니다. 그녀는 산들 너머 머나먼 곳에 살았습니다.

그리고 하루 이틀 새에 그 젊은 여인이 사람을 통해 답신을 보내왔습니다. 그 편지에서 그녀는 말했습니다. "내 말을 믿어주세요. 나는 당신이 내게 써주신 사랑 노래에 깊이 감동했습니다. 곧 오셔서 제 오빠와 어머니를 만나주세요. 약혼 준비를 해야 하니까요."

그러자 시인은 이렇게 답장을 썼습니다. "친구여! 그것은 시인의 가슴으로부터 나온 사랑 노래일 뿐입니다. 모든 남자가 모든 여자에게 불러주는……."

여인이 다시 그에게 글을 써 보냈습니다. "말

뿐인 위선자. 거짓말쟁이야! 오늘부터 관 속에
드는 날까지 나는 너 때문에 모든 시인들을 미
워할 거야." 유4

연여생각

　유고시집에 있는 〈미치광이〉와 〈사랑 노래〉
에 등장하는 젊은 여인은 다 같이 타자를 독립
적 인격으로 생각하지 않고 자신의 연장선으로
여기는 태도와 연결되어 있다. 그 점에서 유고시
집의 생 귀머거리 여인과 상통한다. 다만, 이곳
의 젊은 여인이 그와 같은 일방적 사고의 주체
라고 한다면, 정신병원의 젊은이는 그 피해자처
럼 보인다. 비판이론가 테어도어 아도르노 식으
로 말한다면, '동일성의 사고'의 희생자인 셈이
다. 그러나 젊은이 역시 상대방을 제 멋대로 판
단한다는 점에서 그의 주변인들과 크게 다를
바 없다. 이 점에서 지브란이 일관되게 생각하
는 '미친놈'과는 달라 보인다. 그가 뜻하는 '미친
놈'은 오히려 자의든 타의든 비본래적인 자아를
떠나 있는 존재로 이해되기 때문이다. 그런 뜻에
서 미치광이라고 옮겼으나, 원어는 다 같이 'The
Madman'으로 되어있다.

이 시는 병원, 정신병자 수용소, 감옥, 병영, 공장으로 이루어진 푸코의 규율사회를 생각나게 한다. 그런데 재독 문화비평가 한병철은 《피로사회》(김태환 역, 문학과 지성사, 2012)에서 그것이 더 이상 오늘의 사회가 아니라고 갈파한다. 21세기의 사회는 성과사회Leitungsgesellschaft로 변모했고, 이 사회의 주민도 성과주체Leitungssubjekt라고 불린다는 것이다. 후기근대적 노동사회의 새로운 계율이 된 성과를 향한 압박이 우울증 환자와 낙오자를 만들어낸다. 이렇게 보면 우울증은 성과주체가 더 이상 일할 수 없게 될 때 발발하는데, 이는 일차적으로 일과 능력의 피로이다. 성과를 극대화하기 위한 과도한 노력에 가속이 붙는 과정에서 이에 방해되는 부정성을 제거하는 방향이 작동될 때, 개인도 사회도 자폐적 성과기계로 변신한다. 무엇인가를 할 수 있는 힘만 있고 하지 않을 힘은 없는 상태가 치명

적인 활동과잉을 초래한다. 활동과잉은 역설적
이게도 극단적으로 수동적인 형태의 행위로서,
어떤 자유로운 행동의 여지도 남겨놓지 않는 긍
정적 힘의 일방적 절대화로 영혼의 경색을 낳는
다. 전부 할 수 있음에서 비롯된 '아니라고 말할
수 없는 긍정의 과잉'으로 말미암아 성과주체는
자기 자신을 소모시킨 채 탈진과 우울상태에 빠
져들게 된다. 모든 관계와 유대에서 잘려나간 성
과주체는 오로지 자신과 경쟁하면서 끝없이 자
기를 뛰어넘어야 하는 강박, 자신의 그림자를 추
월해야 한다는 파괴적 강박 속에 빠져든다. 자
유를 가장한 이러한 자기 강요는 결국 파국으로
끝날 뿐이다.

지브란은 1918년에 이와 같은 성과사회를 예
견이라도 한 것일까? 자학적 특징을 나타내는
소진증후군이나 우울증 같은 심리질환을 앓고
있는 현대인은 스스로 자유롭다고 착각하기 때

문에 더 치명적인 희생자라는 한병철의 경고가
지브란의 미치광이에게서도 들리는 듯하다.

7

어제, 오늘 그리고 내일

내가 친구에게 말했습니다. "저 남자 팔에 기대고 있는 여인을 보시오. 어제만 해도 그녀는 내 팔에 저렇게 기대어 있었습니다."

그러자 내 친구는 말했습니다. "내일은 내 팔에 기댈 겁니다."

내가 말했습니다. "그녀가 저 남자 옆에 붙어 앉아 있는 걸 보시오. 어제만해도 그녀는 내 옆에 붙어 앉았습니다."

그가 대답했습니다. "내일은 그녀가 내 곁에 있을 겁니다."

내가 말했습니다. "보시오. 그녀가 그의 잔에서 포도주를 마십니다. 어제만해도 그녀는 내 잔에서 마셨습니다."

그가 말했습니다. "내일은 내 잔에서."

그러자 내가 말했습니다. "그녀가 얼마나 사랑스럽고 순종하는 눈빛으로 그를 쳐다보고 있는지 보십시오. 어제만해도 그녀는 나를 그렇게 바라보았습니다.”

내 친구가 말했습니다. “내일은 그녀가 나를
그렇게 바라볼 겁니다.”

내가 말했습니다. “그녀가 방금 사랑의 노래
들을 입속으로 흥얼거리는 소리를 듣지 못하셨
나요? 어제만해도 그녀는 제 사랑노래들을 바로
내 귓속에 흥얼거렸습니다.”

내 친구가 말했습니다. “내일은 내 귓속에다
그렇게 흥얼거릴 겁니다.”

내가 말했습니다. “뭐야? 보시오. 그녀가 남자
를 껴안고 있습니다. 어제만해도 그녀는 나를 껴
안았습니다.”

그러자 내 친구가 말했습니다. “그녀는 내일
날 그렇게 껴안을 겁니다.”

내가 말했습니다. “뭐 저런 여자가 있담?”

그러자 그가 대답했습니다. “그녀의 삶은 모
든 남자들에게 소유된 것 같아요. 그런가 하면

모든 남자들을 정복하는 죽음 같기도 하고, 모
든 남자들을 포옹하는 영원 같기도 하고." 유26

다리 놓는 사람들

안티오크에는 바다로 흘러가는 아씨 강이 있는데, 그 위에는 도시의 절반을 다른 반과 잇는 다리가 놓여 있습니다. 그것은 안티오크의 먼 언덕에서 노새들이 져 나른 커다란 돌들로 만들어졌습니다. 다리 놓기가 끝났을 때, 사람들은 다리 기둥 위에 그리스어와 아람어로 이렇게 새겨 넣었습니다. "이 다리는 안티오쿠스 2세 왕이 만드셨다."

그리고 모든 사람들이 훌륭한 아씨 강에 걸쳐진 튼튼한 다리 위를 건너갔습니다. 어느 저녁 보기에 따라서는 조금 미친 듯한 젊은이가 글자들이 새겨진 다리 기둥으로 내려가 그 글씨들을 목판으로 덮어씌운 다음 이렇게 썼습니다. "이 다리의 돌들은 노새들이 언덕에서 실어 왔다. 이 위를 오가면서 그대들은 이 다리를 놓은 안티오크의 노새들의 등을 타고 있노라."

사람들이 젊은이가 쓴 것을 읽었을 때, 그들

중 몇몇은 웃었고, 몇몇은 놀랐습니다. 그리고 몇몇은 말했습니다. "아, 그래. 우리는 이 짓을 한 사람을 알고 있지. 조금 미친 놈 아니야?"

그러나 노새 한 마리가 웃으면서 다른 노새에게 말했습니다. "이 돌들을 나른 것을 기억하지 않느냐? 그런데도 이제까지는 이 다리를 안티오크 왕이 세웠다고 전해졌지." 유28

연여생각

　　유고시집의 〈어제, 오늘, 그리고 내일〉은 그리
스신화를 연상시킨다. 고야와 루벤스의 그림 가
운데 쑥대머리의 노인이 어린 아이를 잡아먹는
무서운 장면이 있다. 더욱이 고야의 그림 〈자식
을 잡아먹는 크로노스〉는 아기의 머리통과 어
깨 부분이 이미 먹혀버리고 몸통과 다리만 남
아있는 처참한 모습을 보여준다. 크로노스는 '시
간의 신'이다. 보통 거대한 낫을 들고 있는 모습
으로 그려지는데, 하늘의 신 우라노스와 대지의
여신 가이아 사이에서 태어났다. 그는 낫으로 아
버지 우라노스를 거세해 몰아내고 신들의 세계
를 장악하지만, 항상 두려움에 차있었다. 그 자
신도 자식의 반란 때문에 밀려난다는 예언이 있
었기 때문이다. 그래서 그는 아내 레아가 아기
를 낳는 족족 꿀꺽 삼켜버렸다. 5남매를 남편에
게 잃은 레아는 지혜를 짜냈다. 즉 막내를 낳은
뒤 크레타 섬에 감추고 돌덩이를 강보에 싸서 남

편에게 건넸던 것이다. 이렇게 해서 목숨을 건진 아기가 바로 올림포스 신들의 왕, 제우스였다.

'시간의 신'이 자식을 잡아먹는다는 것은 곧 시간이 세상의 모든 것을 집어삼킨다는 의미이다. 권력, 부, 명예, 사랑 그리고 생명……. 어느 것도 시간과 더불어 영원하지 못하고, 일정한 시간이 지나면 소멸한다.

시간과 연관되는 또 하나의 신화가 있다. 제우스의 막내아들인 카이로스의 이야기다. 카이로스는 순식간에 휙 지나가는 '순간의 신' 또는 '기회의 신'으로 불린다. 젊고 아름다운 청년 카이로스는 특이한 모습을 하고 있다. 그는 머리카락 한 타래가 이마를 덮을 뿐 뒤통수는 완전 대머리인데다 알몸으로 다닌다. 그리고 두 발에는 날개가 달려 쏜살같이 사라진다. 그를 잡으려면 이마의 머리타래를 부여잡는 길밖에 없다. '기회'는 다가올 때 잡아야지 일단 지나가고 나면 잡을 수 없다는 의미이다.

유고시집의 〈어제, 오늘, 그리고 내일〉은 크로노스로 의미되는 시간 개념인 것 같다. 즉 세월의 무상함을 노래하는 것 같은데, 그것이 하필이면 여인으로 표현되었을까? 지브란이 여성을 욕보이느라고 이런 시를 쓴 것은 분명 아닐 것이다. 그렇다면 초점은 제목이 암시하는 시간에 놓일 수밖에 없다. 사람들은 자신이 영원히 소유할 수 없는 대상조차 자신의 소유로 삼지만, 시간이 흐름에 따라 그것이 공연한 착각에 불과한 것을 실감한다. 원서에는 구름을 밟고 있는 어슴푸레한 수많은 나신裸身의 여인들이 여러 방향으로 시선을 보내고 있고 흰 옷을 걸친 반라半裸의 흰 여인이 그려져 있다. 시인 자신이 이 책을 편집한 것이 아니므로 그림과 내용이 일치하지는 않는 듯하다. 다만 시에 세 명의 여인이 등장하는 것에 착안하여 그의 그림들 중에서

임의로 선택한 것으로 보인다.

〈다리 놓는 사람들〉 역시 그렇게 읽힌다. 아람어란 예수가 사용하던 언어라는데, 지브란은 그 언어를 잘 이해하고 있었다고 한다. 지금 우리가 읽는 성경은 이를 당시의 표준어인 그리스어로 번역한 것이다. 그중에서도 72인역이 표준이다.

비유가 될지 모르겠지만, 많은 사람들이 한글(훈민정음)을 세종대왕이 창제했노라고 한다. 심지어 집현전 학사들보다 궁녀들의 공로가 더 크다고 푸는 드라마가 있기도 했다. 그러나 국사학자들 중에는 한글이 '하사품'이 아니라, '전리품'이라는 주장을 내세우는 이도 있다. 고려 말부터 만적의 난을 비롯하여 민초들의 저항이 거셌다. 이를 기화로 조선을 건국한 제왕으로서는 민초들과 최소한의 소통 수단이나마 갖추지 않으면 안 되었기에 한글을 만든 것이고, 따라서 한

글은 임금이 백성들을 '어여삐 녀겨' 창제한 것이 아니라, 민초들의 전리품이라는 것이다. 마지못한 일이었기에 조선시대 사대부들은 이를 한자 이외의 변두리 말을 지칭하는 언문諺文이나 언서諺書, 반절反切, 심지어는 암클(여성들이나 배우는 글)이니, 아햇글(어린이들이나 배우는 글)이라고 낮추어 불렀다. 1894년 갑오경장 이후 '국서' 國書, '국문'國文이라고 불렀다. 처음 한글이라는 이름이 사용된 것은 1913년 무렵 주시경에 의한 것으로 보이는데, 1927년에는 조선어학회 회원들이 《한글》이라는 잡지를 매달 발간한 바 있다.

이처럼 〈다리 놓는 사람들〉에서는, 사람들이 다리를 놓은 공로를 당시의 지배자에게 돌렸지만, 막상 등짐을 나른 노새는 자신이 세웠다고 자랑한다. 그럴 듯하다.

| 8 |

쟈드 벌판

쟈드 길 위에서 한 나그네가 근처 마을에 사는 남자를 만났습니다. 나그네는 드넓은 벌판을 가리키며, 그에게 물었습니다. "이 벌판이 알람 왕이 승리를 거둔 그 전쟁터가 아니었습니까?"

그러자 남자가 말했습니다. "여긴 한 번도 전쟁터였던 적이 없습니다. 이 벌판 위에는 한때 위대한 도성 쟈드가 서 있었습니다. 그러나 모조리 불타 잿더미가 되었지요. 그러니 이제는 그저 훌륭한 벌판일 뿐이지요. 안 그렇습니까?"

그리고 나그네와 남자는 헤어졌습니다. 십 리도 못 가서 나그네는 다른 남자를 만났습니다. 다시금 벌판을 가리키며 말했습니다. "그래, 저기가 한때 위대한 도성 쟈드가 서 있던 곳이지요?"

그 사람이 말했습니다. "이 장소에 도성이 있었던 적은 한 번도 없습니다. 그러나 한때 남자 수도원이 하나 있었는데, 남쪽나라 사람들이 모조리 파괴해버렸지요."

얼마 후 바로 그 쟈드 길 위에서 나그네는 세 번째 남자를 만났습니다. 나그네는 다시 한 번 드넓은 벌판을 가리키며 말했습니다. "이 곳이 한때 커다란 남자 수도원이 있던 곳이 맞습니까?"

그러나 그 남자는 말했습니다. "이 근처에 남자 수도원이 있던 적이 없습니다. 그러나 우리 아버지들과 선조들이 우리에게 한때 이 벌판 위로 커다란 유성이 떨어졌다고 말씀하고는 했습니다."

나그네는 마음속에 의문을 품고 계속 걸었습니다. 그러다 아주 늙은 노인을 만나 그에게 인사하고 말했습니다. "선생님, 이 길 위에서 나는 근처에 사는 세 남자를 만났습니다. 그리고 그들 각각에게 이 벌판에 관해 물었습니다. 그랬더니 하나는 다른 하나가 말한 것을 부인하면서, 제 각기 다른 사람이 말한 적이 없는 새로운 이야기를 내게 들려주었습니다."

그러자 노인은 머리를 들고 대답했습니다. "내 친구여, 이 세 남자들 모두가 그대에게 실제를 들려주었소. 그러나 우리들 가운데 누구도 다른 사실에다 사실을 덧붙일 수 없고, 그에 관한 진실을 엮어낼 수가 없구려." 유29

루스 부인

　세 남자가 어느 날 푸른 언덕 위에 홀로 서 있는 하얀 집을 쳐다보았습니다. 그들 가운데 하나가 말했습니다. "저건 루스 부인의 저택인데, 그녀는 나이 든 마녀지."

　둘째 남자가 말했습니다. "틀렸어. 루스 부인은 아름다운 여인이야. 그곳에서 자신의 꿈에 충실한 삶을 살아가지."

　셋째 남자가 말했습니다. "너희들 둘 다 틀렸어. 루스 부인은 이 광활한 토지의 주인인데, 농노들의 피를 짜내지."

　그렇게 루스 부인에 대해 토론하면서 그들은 계속 걸었습니다. 십자로에 닿았을 때, 그들은 노인을 만났습니다. 그들 가운데 하나가 그에게 물었습니다. "언덕 위에 저 하얀 집에 사는 루스 부인에 대해 이야기해 주실 수 있겠습니까?"

　그러자 노인은 머리를 들고 그들에게 미소 띠며 말했습니다. "내 나이 구십인데, 내가 아직 소

년이었을 때의 루스 부인을 기억하지. 그러나 루
스 부인은 팔십 년 전에 세상을 떴고, 그 집은
지금 비어 있지. 그 안에는 때때로 올빼미들이
울어 대고, 사람들은 그 집에 유령이 산다고 하
지." 유 36

연여생각

　　사람의 생각과 그 생각의 대상은 반드시 일치하는 것이 아니다. 진리에 대한 이해 가운데 진술과 진술 대상의 일치를 강조하는 이론이 없지 않으나 어디까지나 일면적이다. 그렇다면 허구인가? 그러나 우리는 허구를 통해 현실보다 더 현실적인 세계를 얼마든지 경험한다. 유고시집의 〈쟈드 벌판〉의 마지막 행에서 사실fact과 진실truth을 구별해 쓴 취지가 이와 유사하지 않을지 모르겠다. 거기에서는 자드Zaad 벌판을 놓고 사람들이 그야말로 제멋대로 상상한다. 전쟁터였다느니, 도성이 있었다느니, 수도원이 있었다느니 그야말로 의견이 백출이다. 과연 그 중 무엇이 사실일까? 시인은 노인의 입을 빌어 그 모두가 사실일 수도 있지만, 또한 허구일 수도 있기 때문에 이를 통해서는 어떤 역사도 구축될 수 없다고 했다. 역사는 과연 존재하는 것인가, 아닌가? 그 양자 모두일 수 있을 것이다. 사실만의 편년사적 기록은 어쩌면 가능하지도 않고, 가능하다 해도 불필요할지 모른다. 하나의 명작이 역사를 새롭게 구성한다는 T.S.엘리엇의 말이 있지 아니한가? 더군다나 그 가운데 어느 것은 옳고 어느 것은 그르다는 입씨름은 긴 안목으로 보아 무의미할 수밖에 없다. 그래서 '그에 관한 진실'을 엮어낼 수 없다고 한 것일까? 그렇다면 역사는 진실을 포착하고자 하는 노력이 아닌가? 아리스토텔레스는 《시학》에서 역사가와 시인의 차이에 대해 하나는 산문으로 쓰고 다른 하나는 운문으로 쓴다는 것이 아니라, 하나는 있는 그대로를 기록하고 다른 하나는 일어났던 일들 중에서 앞으로도 일어남 직하거나 반드시 일어날 무엇, 즉 개연蓋然 및 필연必然을 식별해낸다는 이유를 들었다. 19세기의 랑케는 실증주의적 관점에 선 역사관을 지니고 있었지만, 현대의 누구도 이렇게 생각할 사람은 없다. 예컨대 E. H. 카Carr는 《역사란 무엇인가》에서 "역사를 역사가와 사실 사이의 부단한 상호작용의 과정이며 현재와 과거 사이의 끊임없는 대화"라고 했다. 지브란의 생각도 이 비슷한 것이 아니었을까?

유고시집의 〈루스 부인〉도 같은 맥락에서 읽을 수 있다. 이 경우 언덕 위에 있는 하얀 집 한 채가 루스 부인과 연관이 있다는 것은 어느 정도 사실인 것 같다. 그러나 아무도 루스 부인의 정체를 알지 못한다. 사람들이 그 여인에 대해 제멋대로 꾸며대고 있을 뿐이다. 아니, 루스 부인이라는 여인이 실제로 생존했는지도 알 수가 없다. 여기에도 역시 노인이 등장한다. 그는 자신이 소년시절에 그 여인을 보았다고 했지만, 80년 전에 세상을 떴다는 그 말조차 과연 믿을 수 있을까? 어쩌면 그 빈 집에서 올빼미들이 울어댄다는 것은 사실일지 모르지만, 유령이 산다는 말은 자신도 확신할 수 없는 뜬소문일 것이다.
우리 사회에서도 흉가凶家이야기가 얼마나 많았
던가? 시간이 지나면, 또 다른 소문이 덧붙거나
아예 사라지고 말지 않았던가? 호기심이란 게
모두 그런 게다. 우리가 정작 관심을 두어야 할
것은 그런 것이 아니라는 암시가 아닐까?

시인 **칼릴 지브란 약전**

1883년 레바논의 북쪽 마을 브샤리에서 출생.

1895년 아버지를 제외한 어머니와 네 자녀 미
국으로 이민, 마론파 성직자의 딸 어
머니 카밀라, 카밀라의 첫 남편 소생
피터, 누이동생 술타나와 마리아나가
동행.

보스톤의 차이나타운에 기착, 퀸시학
교 입학.

영어 교사의 권유대로 원명 Gibran
Khalil Gibran을 Kahlil Gibran으로 개명.

1897년 혼자 레바논으로 되돌아와 베이루트
에서 학교 입학.

1899년 다시 보스톤으로 돌아옴.

어머니와 피터, 술타나 차례로 사망. 누
이동생 마리아나의 삯바느질로 연명.

1904년 쿤시학교에서 그림 솜씨를 인정받아
정착회관Settlement Houses 소속 데니슨
회관에서 미술과 공예 수업.

미술교사 플로렌스 피어스에 의해 사
회사업가 제시 빌을 소개받음. 그녀의
소개로 사진작가 프레드 데이의 모델
이 됨. 보스톤 문학계와 사교계에 입
문. 그를 '예언자'로 호칭한 죠세핀 피
바디를 만남.
보스톤에서 20여 작품 출품. 이를 계
기로 그의 평생 후원자 매리 해스켈을
알게 됨.

1908년 해스켈의 지원으로 파리 미술아카데
미 입학. 이 시기에 로댕과 만나 천재
성을 평가 받음. 2년간 머뭄.《반항하
는 영혼》(아랍어) 출판.

1911년 초상화가로서 경력을 시작함.

1912년 뉴욕으로 이주. "미국의 진정한 광휘
는 건강함, 조직력, 제도들, 행정들, 그
리고 야망 속에 있다."고 씀. 그러나 작
가 피에르 로티로부터 "동양으로 돌
아가 당신의 영혼을 구하시오. 미국은
당신을 위한 장소가 아닙니다."라는 충
고를 받음. 후에《미친놈》으로 제목 붙
인 원고들을 다듬으면서 영어 지도를

적극적으로 받음. 《부러진 날개》(아랍어) 출판.

1913년 그의 평생 거처로 옮김(뉴욕 웨스트 10번가).

1915년 미국화가 앨버트 핑크햄 라이더에게 최초로 출판된 영어 산문시 헌정. 지브란은 그를 온 마음으로 존경하는 유일한 화가라고 칭송함. 라이더의 답방에 그를 그린 섬세한 연필화 증정.

1918년 최초의 영어 시집 《미친놈》 출간. 많은 출판사들의 거절 끝에 알프레드 크노프를 만남. 그는 이후 《예언자》를 포함한 모든 영어 작품들과 《행렬》(1919), 산문시집 《폭풍우》(1920), 《아름답고 놀라운 이야기들》(1923) 등, 영어로 번역된 모든 아랍 작품들을 출판함.

1919년 미술 화첩 《스무개의 소묘들》 출판. 미술세계에서도 절정을 맞이함.

1920년 《선구자》 출판. 문학단체 아라비타를 창설해 회장에 피선됨. 레바논과 시리아에 근거를 둔 동료 이민자들에게 호소하는 선언문 발표.

나는 그대들을 믿는다. 그리고 그대들의 운명을
믿는다.
나는 그대들이 이 새로운 문명에 대한 기여자임을
믿는다.
나는 그대들이 그대들의 선조들로부터 오래된 꿈,
노래, 예언을 물려받아
감사의 선물로 자랑스럽게 미국의 무릎 위에 올려
놓을 수 있음을 믿는다.
나는 그대들이 이 위대한 나라의 국부들에게 말
할 수 있음을 믿는다.

"비록 내가 레바논의 언덕들로부터 뿌리 뽑힌 어
린 나무, 청년이지만,
여기 깊숙히 뿌리내려 열매를 맺으리라."

1923년 《예언자》 출판.
1926년 《모래와 거품》 출판.
1927년 《상상의 왕국》 출판.
1928년 《사람의 아들, 예수》 출판.
1931년 《신들의 대지》 출판. 뉴욕 성빈센트병
　　　　원에서 영면. 향년 48세.
1932년 유고시집 《떠돌이》(1932)와 《예언자의

정원》(1933) 출판.

레바논에 묻히고 싶다는 그의 소원에 따라 메리 해스켈과 그의 누이 마리아나가 레바논의 마르 사르키스 수도원을 구입해 그곳에 지브란을 묻고, 지브란 박물관을 세움.

1934년 《산문시들》 출판.

1948년 《골짜기의 요정들》, 《저항적 정신》 출판.

1959년 《눈물과 미소》 출판. 전 세계적인 환호와 인정 속에 그는 단순한 레바논이나 미국의 지브란이 아니라 전 세계의 지브란으로 명성을 더해감.

"공산주의와 자본주의는 다 같이 인류가 빵만으로 살 수 있을 것처럼 믿었지만, 항상 살아 있는 정신의 예언자들은 '하느님의 말씀'이 영혼에 필수적인 양식임을 다시 한 번 보여주었다. 마치 한 마음이 여러 음성으로 말했던 것처럼, 그 어느 것도 레바논의 아랍 기독교인 칼릴 지브란의 외로운 음성보다 더 웅변적이거나 아름답지 않다." –Kathleen Raine의 서문, Suheil Bushrui and Joe Jenkins, *Kahlil Gibran: Man and Poet* (A New Biography), Oxford: Oneworld, 1990, p.vii.